母與子心靈小語

褚宗堯博士　著
李盈蓁　圖

回想從前時光
和母親共處的諸多過往點滴
是記憶中的難忘
更是日後隨時緬懷之寶

人——不僅是感情的
善於記憶的，且是懂得回憶的
而個人與他者
在感情、記憶、回憶三者交織下
無形中豐富了彼此的生活色彩
與人生軌跡

我與母親間的故事
其實也是你的故事
如斯情節，似曾相識如彼細節，各自領略
各自編織……

昔年女兒彥希文定時，我與母親（時年高壽九十二歲）於綠水路家中客廳合影。母子倆舐犢情濃、孺慕情深，訴不盡心靈小語。

推薦序

——孝子不匱，永錫爾類

涂光敷

褚氏家族一門，個個自小即皆能刻苦自勵、奮發向上；及長，亦多所成就。然，成功絕非倖致，除個人之慧根及努力之外，我岳父母對子女之善盡教養及讚勵，亦多所助力也。

回想多年前某日晨起，忽有所感，思及吾與岳家親人共處歲月近六十年，對其家世種切耳熟能詳，爰就岳母一生行誼縷列一二記述如下：

一、既是慈母也是嚴師，進退有節

四子四女自幼及長，親身受教無敢逾越。

二、刻苦自勵、不貪不取、寬以待人

外公遺贈土地堅持不受，佃農有苦體恤減免。

三、濟貧救弱慷慨寬厚，從不慳吝

德蘭家扶中心、慈濟基金會等公益團體，每月固定捐助六千元；四川大震災捐出五萬元。

四、處事豁達、不計前嫌、廣結善緣

無論居處新竹或台中兒子家，皆與鄰人結交成好友。

五、親親而愛人，重視親誼，且受恩必報

六、堅忍負重持家，寧己受苦不出怨言

七、子孫純孝，詩曰：「孝子不匱，永錫爾類」

誠有如此之慈母與賢母，無怪乎內弟宗堯能秉持一生之孝道，為母親報效與力行。他那篤性寬宏的心量，與佛菩薩對他之加持，數十年來，確實為其一輩子無垠、無邊、無怨、無悔的生他、鞠他、長他、育他、顧他、渡他……的慈母篤盡孝道，在在展現出他對母親濃郁的孺慕之情，著實令人感動與敬佩。

事實上，其眾兄姊們亦常讚言他：「小弟對媽媽的至孝，超越常人」，言不虛也。吾數十年常相與共，深知其事，故能詳也。

內弟宗堯近年來為母親所著「孝母專書」，已付梓六冊。文中多處，詳述對母親一生的持家與為人、處世之道，以及母子間的舐犢情濃與孺慕情深。吾省思回顧孝經孝文，實皆可與之相為呼應。

宗堯今日更以《母與子心靈小語》出第七本「孝母專書」，其行也恭，其德感人，期能引領更多人踵其足，走向孝親之途。細細品讀此作，其孝令我飲泣與敬佩，謹此為序。

民國一一〇年元月
涂光敷　於風城新竹

作者按：

1. 涂光敷先生為本書作者之二姊夫，現年高壽九十四歲，曾任新竹縣政府兵役科科長。
2. 序文中有關岳母一生行誼縷列之記述，為序者已故之妻褚惠玲女士生前為其整理（時為民國九十八年三月七日）；又，褚惠玲女士亦為作者之二姊。

推薦序
——永不止息的孺慕與思念

褚煜夫

母親離開我們已經五年了，每天早晚我都會習慣性地打開抽屜，對著她的肖像思念她的音容、笑貌，就彷彿她老人家一直在我的身旁沒有離去。

回想早期褚家那艱辛困頓的年代，一貧如洗的家境，母親用她無比的堅毅、愛心及智慧，讓我們四個兄弟、四個姊妹，沐浴在母愛中成長、茁壯，並培養我們成為社會上有用之人，母親是何其偉大啊！

猶記得母親在世時，多年來，每個禮拜總會有一天（通常是在星期四），兄弟姊妹及媳婦女婿們，聚會在老么堯弟的家。大家圍繞在母親的身旁，談古說今、回顧從前褚家的種種生活點滴，每每逗得坐在一旁的母親開心地笑了，大夥兒更是其樂融融！

而，事隔五年了，這樣幸福、美滿、快樂的日子，卻隨著母親往生「西方極樂世界」

後，如今已不再擁有了！

堯弟在眾兄弟姊妹中排行老么，他對母親的侍奉、照顧，做得最為澈底，也最為投入。想起母親生前的最後十年，幾乎長住在堯弟家中，無論是起居的打理、病痛的養護，大都是他一家人在照顧。這點，讓我們兄姊們都很感謝，堯弟，真的是辛苦你們了。

尤其，後來在母親病重住院的那一段時間裡，看著堯弟日夜照護母親的愛心、細心、以及耐心，做為兄姊的我們都覺得自嘆不如。坦白說，他不但做到了「孝養」媽媽的「身」，更做到了「孝敬」以及「孝順」媽媽的「心」。

堯弟常說，他和母親是前世結下的不解善緣，我想，這絕對是真的！

事母至孝的堯弟，在一〇一年到一〇九年的八年之間，先後為母親寫下了六本「孝母專書」。從這些書中的內容可以發現，我們這些兄姐們對母親想說的、想做的，堯弟都為我們說了、做了，而且說得、做得相當澈底。坦白說，我們除了敬佩與感謝外，真的也以這位么弟為榮。

堯弟在他歷年的「孝母專書」創作中，已記載了很多有關母親的嘉言懿行。這次，他更以「心靈小語」的方式，描述她與母親之間的心靈對話，無疑地，這更充分顯現堯弟對母親的孺慕與思念之情，既深重又濃郁。

最後，在堯弟的《母與子心靈小語》這本新書發行之際，大哥謹代表褚家兄弟姊妹們向堯弟祝賀，並對他致上最誠摯的謝意！同時，更感謝堯弟能夠再次代替我們這些兄姊們，寫出對母親她老人家永不止息的孺慕與思念。

民國一一〇年元月

大哥煜夫　於風城龍騰大廈

作者按：褚煜夫先生為本書作者之大哥，現年八十四歲，曾任國立新竹高級中學暨國立新竹女子高級中學之數學教師、明新科技大學數學講師。

推薦序
——作者的故事，也是你我的故事

包宗和

宗堯兄過去完成六本「孝母專書」，有散文、詩歌與小說等不同文體。散文或以記敘文為主，或兼具抒情文的特質，主要在藉各種風貌呈現母慈子孝的內涵，讀之令人動容。

本書為其孝親系列第七本著作，著重和母親相處的心靈感言，將生活中的點滴以更細緻的筆法表現出來。由於全書融合了許多作者心中的想法，故顯現出有別於前書的特色。

首先，讀者不僅僅是在讀作者的故事，更拉近至彷佛在親歷自己和母親互動的種種。譬如作者曾有一段隨侍在慈母病榻旁的心靈層面描述：「當時，母親嘴角掛著一絲微笑看著我，眼神裡滿是慈祥、溫柔，以及一種對我的完全信賴與欣慰。我們母子連心，我知道，母親此時的微笑傳達的不外乎：『兒子啊，謝謝你，有你真好！』此情此景，既幸福又感傷，是我一生一世都無法忘懷的……」。

事實上，親子間除了握手擁抱等肢體語言外，更有著許許多多藉眼神表情傳達心靈感受的互動，而後者則有著一種「一切盡在不言中」的濃厚親情存在。

作者經由諸多此種「心靈小語」喚起了讀者的共鳴，驚覺原來別人親子間的故事，也正是我自己的故事，千萬不要漏接了父母愛的心語，從而更加珍惜和父母的緣份。

此外，宗堯兄在書中也提到媳婦配合先生盡孝的重要。我想宗堯兄在褚伯母晚年得以承歡膝下，宗堯嫂協同照料，功不可沒，堪為夫唱婦隨的孝親典範！

在本書中，宗堯兄說之以理，動之以情，我們讀到作者的孝心，也讀到作者充滿感性的善意提醒，那就是「行孝要及時」，不要待「養兒方知父母恩」，更不要留下「子欲養而親不待」的終身遺憾！作者對母親的心靈小語，不正是一篇篇向讀者娓娓道來的心靈小語嗎？

民國一一〇年元月

包宗和　於台北

作者按：包宗和先生為作者在台灣大學時同窗摯友，曾任台大政治系教授、台大副校長、監察院監察委員，現任台大政治系名譽教授。

推薦序

——停格，在那美好時光

陳振遠

一切緣起，來自於對母親的思念。

七年半六本書，褚老師對母親的感恩之情，古今中外難得。

透過書寫，他不斷回顧過往與母親互動的點點滴滴，陸續透過散文、詩歌與小說等不同文體抒發對慈母的懷念，這次再以「心靈小語」小品陳述形式，融合溫馨插畫風格，以更具親和力的展現與讀者溝通，延續弘揚孝道初衷。

褚老師更提及母親喜歡聽CD音樂——「福智讚頌演奏系列（二）」《琴韻心聲》專輯，分享其中多首動聽的演奏曲，闡述對於母親所喜所愛的日常關切，在他的文字中，我們彷彿看見母子共處時的溫馨幸福畫面，而書中一幅幅陪襯烘托的暖心插畫圖像，則引領我們一同回到那個美好時光，久久無法忘懷。

孝道，不難，唯有用心。

民國一一〇年元月

陳振遠 於高雄義守大學

作者按：陳振遠先生為作者在交通大學任教時極為資優之學生，曾任國立高雄第一科技大學校長、教授，現任義守大學校長、講座教授、中華民國科技管理學會院士。

自序：母與子心靈小語

母親辭世至今，匆匆已過五年，我對她的思念，如無限延長的虛線……，點接著點，不斷連續，沒有盡頭。**她老人家的房間，我仍然保持著原貌，紋絲未動。每天早晚，我會進去向床頭櫃上她的肖像請安，宛如她老人家依然與我同在一般。然後，在她床邊的椅子上靜坐片刻，緬懷過去我和她在一起的美好時光。**

這些年來，除了想念她外，我也一直熱衷於孝道的推廣，並以活到百歲辭世的老母親為題材，陸續為她寫了下列六本「孝母專書」：

《話我九五老母——花甲么兒永遠的母親》（二〇一二年八月出版）

《母親，慢慢來，我會等您》（二〇一四年五月出版）

《母親，請您慢慢老》（二〇一六年五月出版）

《慈母心・赤子情——念我百歲慈母》（二〇一八年二月出版）

《詩念母親——永不止息》（二〇一九年二月出版）

《一個人陪老母旅行——母與子的難忘之旅》（二〇二〇年二月出版）

平心而論，會在前後七年半的時間，為母親連續寫下六本書的人，應該不多見吧！不少親友們常問我，究竟是什麼動機引發我如此大的動力？坦白說，這些書，每一本都是我為了報效母恩以及弘揚孝道的心願而完成的。

如今，「孝母專書」已經一系列出版了六本，這些作品中包括：散文、詩歌，與小說等不同文體。完成了這些作品之後，我一直在想，究竟還有什麼題材可以讓我繼續發揮的呢？

就在某個假日的午後，我閒來無事，把這些年來為母親所寫的六本專書，攤在書桌上瀏覽。同時，也播放著母親向來喜歡聽的一片CD——「福智讚頌演奏系列（二）」《琴韻心聲》專輯。這張專輯我也很喜歡，因為其中有好幾首非常動聽的演奏曲，諸如：〈憶昔人〉、〈重逢〉、〈相思樹〉、〈度母讚〉、〈常相思〉、〈想上師〉……等。聽著，聽著，周遭立即洋溢著一片溫馨與祥和的氛圍。

頓時，長久以來我對母親的無限懷思與感恩之情泉湧而出。更喜的是，內心深處乍現了一個靈感，提醒著我：可以嘗試以「心靈小語」為題材，再為母親撰寫一本新書。

感謝這個靈感，因為，我的作品若能以「心靈小語」來描述，內容將會更具親和力，情感的發抒也將更為生動。尤其，更能拉近我與讀者間的距離。如此一來，對於孝道的弘揚與推廣也必然更有助益。

隨即，心裡打定主意，決意要積極善用閒暇時間，為這件深具意義的任務全力以赴。我在想，這樣的靈感肯定來自佛菩薩與母親的美意，我又豈能辜負？當應責無旁貸、盡速付諸行動了。

為此，我以拙作第四本孝母專書《慈母心・赤子情——念我百歲慈母》的篇一、篇三，及篇四為素材，並以「心靈小語」的方式描述么兒對老母的孺慕情懷。當然，在內容上也做了相當程度的增潤與豐稿，希望更能拉近母與子之間的親情距離。

值得一提的是，在寫作過程中，對母親永不止息的思念，不斷從我的記憶金庫裡泉湧而出。讓我得以穿梭於記憶甬道之間，將我和母親倆那些珍貴相處的歲月憶往，藉由「心靈小語」為畫筆，描繪出更立體與更層次感的情節與場景。能夠得此收穫，內心既感動又感恩。

我為母親而寫的第七本專書《母與子心靈小語》（序號：母慈子孝007），就在前述善因與善緣下，與讀者們見面了。

本書共分為七個部分，包括：輯一「思念您永不止息」、輯二「謝謝您生下了我」、輯三「忘不了您的溫馨疼惜」、輯四「一切努力向上皆為您」、輯五「您永是我的寶貝」、輯六「珍惜與您同處時光」、輯七「永遠記得您」。

其中，每一輯集各包含二至四篇的小品，全書共計二十一篇文章。這些心靈小語所發抒及想傳達的主旨，不外乎：〈欣為慈母的么兒〉、〈珍惜如此殊勝的母子緣〉、〈用心及盡心把握難得的共處時光〉，以及〈終生永遠眷念慈母的身影〉。

此外，為了提升這本書的可讀性及易讀性，特別在內文中的每一篇章及適當地方，編製了溫馨的插畫，希望藉此增益本書的親情氛圍。

回想，在上述母慈子孝系列專書中的各篇序文裡，我幾乎都會強調，一個平凡百姓的我，既非名流、大官，更非富豪之輩，我寫作出書，既不為名也不為版稅或稿費。唯一心願，只想留傳給自家後代子孫，及有緣的讀者們，分享我多年來孝順母親的實際經歷與心得，並期待大家盡一份心力，共同推廣孝道！

於此，我要再度感謝佛菩薩的加持，賜給我完成本書及前六本書的機緣與動力，讓我得以更深入瞭解，我這百歲仙逝的慈母其德行與情操，發現她老人家比我想像中的還要偉大、還要令我敬佩。

尤其，每當我逐段、逐行、逐字地修稿及潤稿時，在反覆細細品讀之下，愈發感悟到，在慈母與子女之間，那種母親對子女的「舐犢情濃」，以及子女對母親的「孺慕情深」，絕對是人間最可貴的摯愛。

這本《母與子心靈小語》能夠順利付梓，要特別感謝褚林貴教育基金會朱淑芬董事，利用餘暇為我處理基金會的相關行政事務；以及楊東瑾顧問與李盈蓁小姐在基金會官網、facebook的營運與本書插畫的定稿上皆不遺餘力。此外，也要感謝二姊褚惠玲顧問、好友蔣德明先生，以及一些善心人士，他們對基金會慷慨的捐贈與護持，讓會務的推廣以及孝親專書的出版得以持續並順利運行。

最後，如同先前為母親所寫的六本書的序言，我再度秉持著至誠，謹以此書呈獻給我一生的導師以及永遠的慈母——褚林貴女士（母親雖於百歲高齡辭世，但，她的法身卻與我常在，與我同行）。

《母與子心靈小語》除了恭敬地作為她一百零五歲誕辰的獻禮之外，更感謝她老人家對我一輩子無垠無邊以及無怨無悔的照護與教誨——生我、鞠我、長我、育我、顧我、渡我……，並向她老人家誠摯地獻上我內心的祝福：

「媽，祝您在西方極樂世界精進增上，圓成善果！」

民國一一〇年（西元二〇二一年）三月一日（農曆正月十八日）

（母親一百零五歲誕辰紀念日）

褚宗堯 於風城新竹

附記：

雖說本書全文皆是我與母親之間廣義的心靈小語，然，當我在進行完稿前的最後修辭及潤稿時，發現有些內容特別觸動我的心扉，為此，特將它們予以標記。舉凡輯名、篇名、段名、標楷體，以及所有加深粗體之文，可說是本書心靈小語的精要，這部分，還請讀者們能夠細細品讀！

目次
Contents

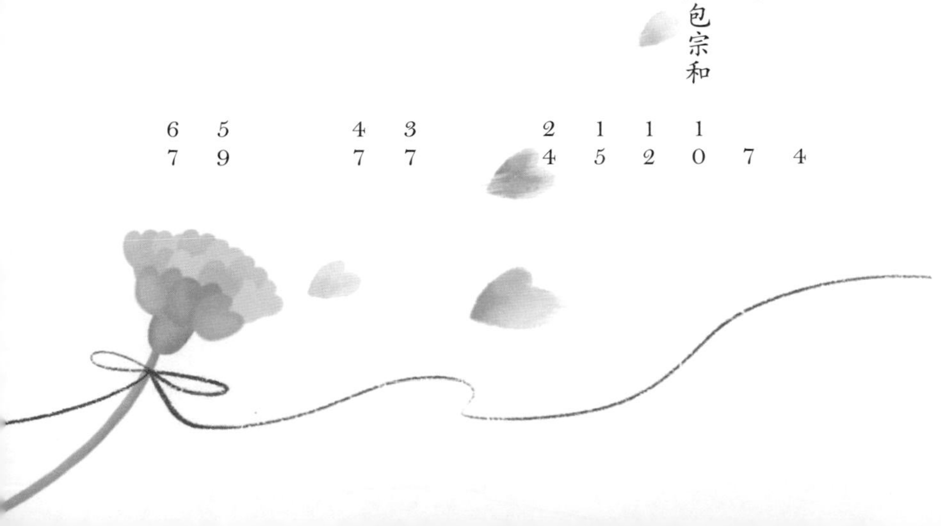

楔子：平凡偉大的慈母

☆寒門出身不怨天

回溯民國六年（一九一七年）的臺灣社會，是一個民風純樸、觀念保守的舊時代。這一年，我的母親褚林貴女士誕生了。**而這位看似平凡卻是十分偉大的女性，是我一生中最敬愛的慈母，也是我永遠永遠的上師。**

母親的成長故事充滿著傳奇性，她的身世相較於其他人也更為曲折與特殊。她不僅出身寒門，從小失怙（是清末秀才的遺腹女），而且，童年至青少年時期，歷經了三對父母親，包括：一對親生父母（本姓「連」）、一對養父母（姓「林」），及一對義父母（姓「蔡」）。從小如此乖舛命運，誠屬少見。

據我所知，當年因為林姓養母過世，養父無法獨力照顧我母親，才決定將她寄養至身為中醫師的蔡姓義父家。換言之，年少時的母親，前後經歷了兩次不同家庭的養女歲月。可敬的是，對於自己的坎坷命運，母親從不怨天也不尤人。

平心而論，真的很少人的身世會像我母親那樣，從很小的年紀開始，就必須面對日後漫長的養女歲月，並承受多次親情離散的無情洗禮。母親在她童年及青少年時期的這些不幸，著實令人心疼。

然而，母親卻能身心俱佳地成長，順利渡過這些逆境。顯然，這也是她極其幸運的地方。坦白說，我非常敬佩甚至崇拜母親，小小年紀就能夠有如此能耐。事實上，我更以能夠作為如此偉大母親的兒子為榮。

☆隨緣認命振家運

母親在十八歲時，嫁給了年紀大她三歲的丈夫——我的父親；這門親事是由她的養父為她慎重抉擇的。當年父親出身地主之家，原本家境不錯，只可惜，在年輕時兩次前往大陸南京及上海做生意，卻皆以失敗收場，家道從此中落。婚後幾年，十個子女（五男五女）相繼出生，食指浩繁，生活更加不易。此後，沉重無比的家計負擔，長期不斷地加諸在母親這個弱女子的身上。可想而知，在那個既動盪又物資匱乏的年代裡，生活是極其艱辛的。

據知，為了解決這麼沉重的家計負擔，母親只得積極地找尋任何有助於增加家庭收入的工作機會。這期間，母親做過不少差事，包括：幫人洗衣、揉製米糠丸自食兼販售、代工編裁竹藤製品、販售香蕉、擺攤賣飲料、賣粽子、經營小本生意的雜貨店兼出租漫畫書等。舉凡可增益家庭收入的任何工作或小本生意，母親都不會放過嘗試的機會。

說實話，在那個年代，如此一個婦道人家，要肩負起一家十多口的生活重擔，絕對是件相當艱鉅的事。然而，母親畢竟家學淵源，承襲了清末秀才外祖父的優質血緣，再加上為了自己心愛子女們的幸福著想，母親總是隨緣認命、咬緊牙關，憑著她過人的聰慧靈敏和無與倫比的堅強毅力，一一加以克服，總算安然渡過了她一生中最感困頓的時期。

母親年輕時的這些遭遇，以及振興褚家家運的偉大貢獻，作為兒女的我們，一輩子都由衷地對她感謝及敬佩！

今天的褚家，雖非達官顯貴之家，但，至少也是個書香門第，是一門對國家及社會有一定貢獻的家族。她的孩子中有博士，有教授，有名師，有作家，有董事長，有總經理等。

以母親身處的那個艱困年代，以及她的貧寒出身而言，能夠單單憑藉著自己的一雙手，造就出如此均質的兒女們出來，真的不得不佩服她教育子女的成功，以及她對子女教育的重視與堅持。

☆慈悲樂善回饋社會

母親是個很有福報的人，不僅身心健康並且耳聰目明地活到了百歲高壽。

她老人家在世時，早已經兒女滿堂，子孫膝下承歡，且大都有所成就。為此，她經常憶苦思甜——回憶過去生活及持家之艱辛不易，感恩如今的幸福和滿足。尤其，當年家中因為同時有著小學、初中、高中，及大學等不同學齡的孩子，每逢學校開學日，一筆為數不小的註冊費，總巴巴兒地等著她去張羅的諸多焦慮窘困情景，常令她念茲在茲，縈懷於心，並諄諄教誨兒孫：「要惜福啊！」

在走過了從前的艱辛歲月後，慈悲善良的母親亟思回饋社會。一方面，希望能夠幫助那些需要幫助的弱勢學子們；一方面，更慮及家庭教育、社會教育，以及弘揚孝道之重要性，著實不容忽視。

因此，在她的發心以及我的積極策劃下，母親和我共同發起並合力捐贈資金，於民國一〇一年（二〇一二年，母親正值九十六歲）的一月十八日，正式成立了「財團法人褚林貴教育基金會」。同時，母親也在董事會全體成員的熱烈推舉下（雖然她極力婉辭），眾望所歸地榮膺了基金會創會第一任董事長。

基金會成立的宗旨，主要是秉持著母親慈悲為懷、樂善好施的精神，並以「贊助家境清寒之學子努力向學」，以及提升「家庭教育」與「社會教育」之品質及水準為發展的三大主軸；此外，更以「弘揚孝道」為重要志業。母親期望能夠透過本基金會的執行，以實際行動略盡綿薄之力，並藉此拋磚引玉，呼籲更多社會人士及機構一起投入回饋社會的行列。

☆惠我無價之寶受用不盡

母親一直是我最敬佩及最景仰的人，在幾本拙作裡，我曾多次提及母親是我這一生中的上師，她教導了我對生命的正確認知，以及對生活實作的積極態度。也因此，讓我更有智慧及勇氣去面對生命的無常，以及生活的多變。

這些睿智及實用的觀念與態度，就是母親賜給我的無價之寶。坦白說，忘了有多少次，它們曾經幫助我在現實生活中，即使遭遇多麼艱鉅的問題，或再大的困境，也多半能夠迎刃而解。

而這些得自於母親所賜予的無價之寶——十種有關「生命認知的觀念」以及「生活實作的態度」，大致可以分成：「圓融的待人哲學」、「睿智的處事態度」，以及「豁達的心靈氣宇」等三大類。

首先，談談有關「圓融的待人哲學」方面。

不可否認地，「待人」始終是一門人生必修的學問；它看似容易，卻是一門「知易行難」的課題。而母親在親戚、朋友，以及鄰居中，向來是個「人氣王」。她老人家在這方面賜給我的寶物，就展現在：「待人大度，慷慨隨和」、「善解人意，體恤人需」，以及「手足相愛，家和事興」等三個面向。

其次，「睿智的處事態度」方面。

我們都深知，人生在世，面對無常的生命，以及多變的生活，想要順利地安身立命，其實並不是一件容易的事。而充滿人生智慧的母親，她賜給了我另外一個無價之寶——「睿智的處事態度」。有關這方面的資糧，她則展現在：「理事聰慧，接物靈敏」、「苦中作樂，忙裡偷閒」，以及「貧時忘憂，養生有道」等三個面向。

再者，「豁達的心靈氣宇」方面。

自古以來，任何人，無論其出生貴賤或富窮，一旦呱呱落地，隨即面對生活的多變，以及生命的無常。嚴格說來，人生在世其實是「苦多於樂」的。而針對這個「苦多於樂」的人生，我們又該如何面對與自處呢？

而我的母親如前所述，她不僅出身寒門，從小失怙，並且經歷了兩次不同家庭的養女歲月……。面對這些困厄及苦迫，她是如何做到「不怨天又不尤人」？身處劣境時，她又是如何「隨緣認命」而自處呢？

顯然，「豁達的心靈氣宇」便是她面對及自處之道，也是她賜給我的無價之寶。而這方面的珍寶，她展現在：「胼手胝足，無怨無悔」、「虔誠信佛，菩薩恩持」、「豁達自在，樂觀不懼」，以及「內斂低調，顯時忘名」等四個面向上。

總之，上述母親的諸多德操與涵養，是她賜給我的人生無價之寶。我不忍藏私，特於拙作《慈母心・赤子情——念我百歲慈母》（母慈子孝004）中第二十九章及三十章更深入地加以描述。期能與褚家家族及後代子孫們相互共勉，並確實效法學習她老人家的德行與風範。同時，也期望能與有緣的讀者們，一起分享母親的人生哲學，以及實際又寶貴的經驗與智慧，相信在您接受與面對生命的無常及生活的多變時能多所助益；倘能如此，則更是母親及我之所衷心企盼。

☆堯兒終生上師與明燈

母親高壽百歲往生，住世長達一世紀之久。她老人家在三十六歲時生下了我，我是她的么兒，排行第九。**她老人家與我，母子倆之間，格外緣深情重。這一生，我們共處了歡喜的**

六十五載歲月，她對我是無盡的舐犢情濃，我對她則是無限的孺慕情深。

回顧從小到大，我有幸能夠長時間伴隨在母親左右，接受她無微不至的照顧，以及耳提面命的教導，對她老人家真的是充滿著無限的敬佩與景仰。同時更感恩於她，讓我有這麼多的機會耳濡目染於她的言教與身教，從而領受到待人、處事，和心靈方面的涵養，並幸運地深獲她的真傳與助益。坦白說，她老人家對我影響之深遠，絕不會僅止於過去，甚至於引領著我長遠的未來。

事實上，母親對我來說，就如同是我生命流程中永遠的「上師」，更是黑暗中的一盞「明燈」，照亮著我，也引領著我。我永遠感激她，也永遠懷念她！

【母親賜予我的十件無價之寶】

★圓融的待人哲學

⊙待人大度，慷慨隨和

⊙善解人意，體恤人需

⊙手足相愛，家和事興

★睿智的處事態度

⊙理事聰慧，接物靈敏

⊙苦中作樂，忙裡偷閒

⊙貧時忘憂，養生有道

★豁達的心靈氣宇

⊙胼手胝足，無怨無悔

⊙虔誠信佛，菩薩恩持

⊙豁達自在，樂觀不懼

⊙內斂低調，顯時忘名

輯一

思念您永不止息

1 母後的追思

2 想念您的身影

1

母後的追思

☆人子最悲慟的日子
☆相處似乎才是昨天的事
☆那忌唱已久的老歌
☆難過又難忘的記憶
☆無法忘懷那不捨離情
☆一生喚不回的遺憾
☆永不止息的思母
☆那首傷感老歌又迴盪
☆媽，兒想您……好想您

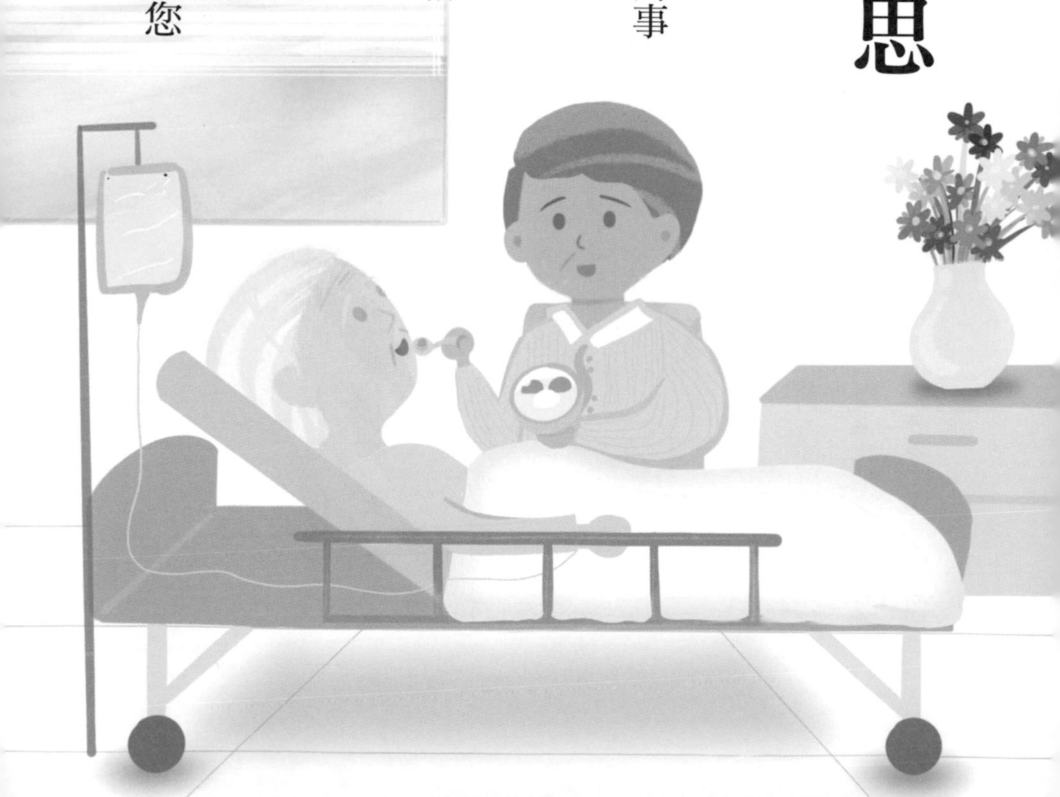

☆人子最悲慟的日子

＊民國一〇四年（二〇一五）的十二月二十七日（農曆十一月十七日，阿彌陀佛佛誕日）**這天午後，我最深愛的百歲老母離開了我，我心悲慟有如刀割，魂馳恍惚，久久不能自已……**

＊**這是我的故事，但，也是每個人一生中必然經歷的事。**這篇短文，如實描述了百歲慈母和我之間的「舐犢情濃」與「孺慕情深」。希望藉此呼籲大家：

——**行孝要及時，莫讓自己日後陷於無法挽回的懊悔和遺憾中。**

☆相處似乎才是昨天的事

＊似乎才是昨天的事，我和母親朝夕相處，晨昏定省；然而，此時此刻，卻再也無法見到她老人家的慈眉善目。**我到處搜尋，那熟悉又極其慈祥的眼神與溫馨無比的笑容，彷彿出現於母親臥室、客廳、餐廳，與家中的每一角落，迷離恍惚，依稀可辨，卻又突然間**

消失……

我望著沒有了她身影的床鋪，以及空蕩蕩的臥室，愴然若失。曾經，是那麼熟悉的房間，如今，卻顯得如此靜謐與陌生。啊！親愛的母親，您在哪裡？我好想好想您！……

☆那忌唱已久的老歌

＊　突然間，心坎深處浮起那首極為傷感的老歌〈母親您在何方〉，哀慟的思緒不自禁地隨著歌詞而上下波動起伏：

「雁陣兒飛來飛去白雲裡，經過那萬里，可曾看仔細？雁兒呀我想問你，我的母親可有消息？

秋風哪吹得楓葉亂飄盪，噓寒呀問暖缺少那親娘。母親呀我要問您，天涯茫茫您在何方？

明知道那黃泉難歸，我們仍在癡心等待。我的母親呀等著您，等著您，等您入夢來。

兒時的情景似夢般依稀，母愛的溫暖永難忘記。母親呀我真想您，恨不能夠時光倒移。」

＊這極其傷感的老歌，傾訴了人子對已逝母親無盡思念之情。長久以來，我忌諱唱它。如今聽了，思母之情、對母親的諸多緬懷，如排山倒海般湧現，令我無法自已！……每每想起，多年來，我每天晨昏定省、朝夕相處的老母親，一夕之間，竟然天人永隔再也看不到時……真是難以釋懷！……

☆難過又難忘的記憶

＊猶記得，那年十二月二十二日（冬至）的早晨，我從家中佛堂上敬拜佛菩薩的湯圓中，取了一顆紅湯圓以及兩顆白湯圓，加了些許甜湯，匆匆趕至醫院，好讓仍臥躺在病床上的母親品嚐。

＊我先餵母親一小口甜湯，隨即切一小片紅湯圓放在母親的嘴裡，並在她的耳邊輕聲說道……

「媽，今天是冬至，您剛才吃過湯圓，依照習俗，您就已經是正式一百歲了，恭喜您喔！」

＊頓時，母親的眼角流下些許淚絲。驚喜的是，她的嘴角露出了許久以來難得一見的笑容，並對我貌似感激地點了頭。說真的，那些臥病在床日子裡，母親身子孱弱，連笑的氣力都沒了，此刻的隱微一笑，於我不啻是冬陽乍現，令人無比欣喜。

我當然瞭解母親的意思，照顧她這麼多年了，朝夕相處，我們母子連心，我完全讀得出她老人家的心緒。她是在感謝我長年以來對她無微不至的貼心照顧：即便是住院此刻，還會想到從家中帶湯圓來幫她老人家過冬至呢！

＊後來，母親病情的發展，證明了我對母親的此一貼心與細心的舉動是對的。因為，就在冬至過後的第五天，母親竟然永遠永遠地離開了我！……

☆無法忘懷那不捨離情

＊母親逝世，我當然非常難過又不捨，但，還是要感謝佛菩薩對我的厚待。因為，在母親生命裡最需要人照顧的最後一個多月中，我日夜守在她身旁，尤其住院的半個月，有幸能夠早晚在她身旁陪伴與照顧，並多次貼心地對她說：

「媽，請放心，別擔心您的病情，我會一直守在您身邊，耐心地陪您走下去的。」當時，母親嘴角掛著一絲微笑看著我，眼神裡滿是慈祥、溫柔，以及一種對我的完全信賴與欣慰。我們母子連心，我知道，母親此時的微笑傳達的不外乎：「兒子啊，謝謝你，有你真好！」此情此景，既幸福又感傷，是我一生一世都無法忘懷的……

＊也許，最讓我感到慰藉的是，母親生命中的最後一夜，以及她往生之前，在她生命中最為無助與最需要親人陪伴的時候，我始終隨侍在她的身旁……

……雖然……母親終究還是走了！……

＊我在想，身為人子，尤其像我這樣與母親緣份特別深濃的么兒，在母親生命中最後時程，有幸能夠親手侍湯奉藥，早晚不離——藉此盡孝，表達對她老人家的感恩之心，這絕對是我的無上榮幸，更是我的偌大福報。

也因此，才讓我的不捨之情與遺憾之感，稍減幾分，不至於崩潰；也才讓我的哀痛與思念之情，得到了些許慰藉。

☆一生喚不回的遺憾

＊「媽，您知道嗎？堯兒還有好多好多話想對您說，也還有好多好多事要和您一起做呢！而如今，您卻已……」

＊雖然，不諱言地說，多年來我在孝順母親方面的盡心與盡力，是兄姐們及親友們所一致肯定的。換言之，我本該無所愧憾且心安理得才是。

然而，儘管如此，我依然悲慟不已。因為，我和母親之間深濃的母子情緣，無論是她對我的「舐犢情」，或是我對她的「孺慕情」，是他人所難以全然瞭解與體會的。

☆永不止息的思母

＊為了緬懷母親，至今，她的房間我依然維持原貌。

每天，尤其每當我想念她時，便走進她的房間，或凝望她慈眉善目的相片，或端詳她常用的舊物……

而每每睹物思人，腦海中總是立即浮現出一幕幕美好回憶，好像，母親她老人家還在我身旁似的……

＊即便如此，母後五年了，我還是不免因為某些事物而觸景生情，以致瞬間失神落寞，……尤其在那夜闌人靜時，常常沒來由地感到空虛……，總是情不自禁思念起母親……

☆那首傷感老歌又迴盪

＊啊！那首歌，那首我曾經忌唱已久的傷感老歌，又在心湖迴盪起愁緒漣漪：

「……母親呀我要問您，天涯茫茫您在何方？……」

「……明知道那黃泉難歸，我們仍在癡心等待。……」

「……我的母親呀等著您，等著您，等您入夢來。……」

「……母親呀我真想您，恨不能夠時光倒移。……」

☆媽，兒想您……好想您

＊寫到此，又不禁淚流滿面。思母、念母之殷切，令我提筆有如千斤之重，以致無法續筆，更且難以止哀。……

只因……那斯景依舊，故人卻已矣！……

＊啊！媽……您知道嗎？此刻，兒想您……好想您！……

2

想念您的身影

☆有一種摯愛，它亙久不變
☆春蠶到死絲方盡的母愛
☆子女成就歸功於慈母
☆願天下媳婦者同理孝子心
☆珍惜把握遲暮時光
☆終生無時不眷念的身影

☆有一種摯愛，它亙久不變

＊**每個人的一生中，總會有他非常摯愛的人。**
不過，這些曾經摯愛的對象，也可能會隨著時間的遷移，或人事的幻化，而產生相當程度的更迭變易。其所以造成更迭之故，或許是因為長久疏於聯絡，或是完全失聯，或是接觸頻繁而致淡然，也或許是其他原因，最後導致摯愛不再是摯愛了……

＊然而，在這一生裡，你所曾經摯愛的諸多對象中，無論時間如何變遷，或人事如何幻化，**卻有一種摯愛幾乎是亙久不變的，那就是——父母對子女的愛。尤其，母親對子女的摯愛更是如此**。

＊為何我強調「母親對子女的摯愛」呢？因為，父親對子女固然也會關愛，但，憑良心說，父親對子女的關愛，其體貼細膩程度上還是比不上母親；其出於無私之愛的自我犧牲，也比不上做母親的來得偉大。
這話自然不能隨意講，還得有些依據呢！
就拿「**上帝無法照顧到每一位孩子，因此派母親來照顧**」這句西方諺語為例。請注意

——是派「母親」而非父親。由此可知，**母親對子女的責任與恩情，自然是遠超過一般父親之所為，其實，這是毋庸置疑的。**

☆春蠶到死絲方盡的母愛

＊進一步說，母親對子女的愛不僅沒有自私目的，更是沒有對價條件。不像異性之愛的情感或肉體上的欲求，**母愛的付出完全無私，既沒有期待、沒有條件，更不求回報。**

＊**那種愛，令人有一種「春蠶到死絲方盡」的感受與感動。**

這種母親對子女的愛，才真正叫做「摯愛」！這種愛，較諸其他幾種愛，其偉大程度絕對是有過之而無不及。這看法，我相信讀者們多半也會認同吧！

＊**其實，光是母親為每一個子女懷胎十月，這期間她所承受之體能與精神上的各種煎熬、**苦痛等，**就已經夠偉大了，也夠令人感佩了！**

☆子女成就歸功於慈母

＊而談到我這百歲高齡的老母親，那當然就更令我敬佩萬分了。她膝下共有十個子女——五男五女。若以一個子女須懷胎十月來算，**母親這一生中，總共花了約八年以上的時間在懷胎我們這些子女。八年呢！何其長久的時間？而這還只算孕育的時間，若再把其他撫育、教養的時間與心力算進去，那就更難以想像了。**

＊這個令我敬佩萬分的女性——我的老母親，即使不談別的，光是孕育及撫養十個子女長大成人，就已經夠偉大了。如果再加上因於她的聰慧與靈敏，而教養出這些在社會上成就還算不錯的子女們，那就更彰顯她真是一位很不平凡的女性了。

＊**我必須說，如果我們這些子女能算是有點小成就的話，那麼，這些成就與榮耀，真的，絕對都要歸屬於我這個偉大母親的功勞；若沒有她的犧牲與奉獻，就沒有褚家今天的門楣光耀，顯榮祖先。**

＊以上見解及諸多感觸，是我與母親她老人家數十年相處，從其言其行中體悟出來的。而這些見解與感觸，幾乎都已內化成為我對母親盡孝的驅動力；**尤其，塑造成我對孝順她**

的義無反顧與擇善固執。我總認為，身為人子者，對母親的報恩本當如是乎！

☆願天下媳婦者同理孝子心

＊為此，我也熱切並誠懇地，呼籲天下所有為人媳婦者，請妳們能夠以最寬大胸襟與心量，體諒妳們的另一半。

如果他是一位孝子，請全力支持他，將來妳本身肯定會受益。**因為，妳的另一半既然能那麼孝順他的母親，往後的日子裡，他也肯定會同樣甚至更加疼惜妳、照顧妳。**

＊千萬別因他花了許多心力及時間在他母親身上而吃味，請體諒，他不是刻意如此，而是順乎天性。也千萬別做比較，懷疑他究竟是比較愛妳，抑或愛他的母親更多一些？

事實上，「愛」是無從做比較的。

＊懇請天下為人媳婦者，能夠靜心想想：

先生和妳婆婆之間的關係非比尋常，他們是母子，是血濃於水的血緣關係；而「母子同心」本是天性，是再自然不過的親情現象。因此，請妳們能夠多方包涵，並多加寬容與接納。

因為，有一天，當妳也成為一個老母親的時候，如上所述，也會有同樣的處境、同樣的感受，以及同樣的企盼。

＊ 寫到此，如果天下為人媳婦者，還能接受我上述觀點的話，那麼，也請再認同我以下的心情與感受吧！

＊ 坦白說，就作為一個百歲高齡老母親的兒子的我而言，**我真的是將老母親視為我無時不眷念的身影。因為，母親她老人家如今已是風燭殘年了，輕易熄滅，我真不知道，佛菩薩還會恩賜多長時光，讓我與老母親共敘母子情緣。**因此，我又怎能不當下好好珍惜？

☆ 珍惜把握遲暮時光

＊ 說實話，我能做及該做的，便是及時珍惜、把握住每一片時光。**為此，我必須付出更多心力在老母親身上，當然，也會花更多時間在她的身上。因為，我不能讓自己將來留下任何遺憾。**

＊ 相信我，我深愛我的太太一如往昔，並沒有淡化也無稍有折減。只是，我必須暫時多挪

出一些時間及心力在老母親身上。

畢竟，母親已是遲暮之年；我必須非常珍惜這有限的未知時光，也必須抓住能夠把握住的每一片刻。而如此難得的孝心，是不是該被完全體諒以及支持呢？

☆終生無時不眷念的身影

＊說實話，大約在母親往生前一年左右，我就感受到她比以往更加老邁龍鍾、體力明顯日衰一日了。

她的聽力更弱化；眼力也比以前更吃力；牙齒咀嚼能力再沒有往昔那般順暢；腳力也無法獨自久站，而更需有人在一旁牽扶著她了……

＊或許，以一位百歲高齡長者來說，她的健康狀況算是不錯了。**然而，我每天和她朝夕相處，眼看著她老人家的體力與精神，別說是一年不如一年，一季不如一季，一月不如一月；坦白說，甚至是一日不如一日呢！**

＊她是我最敬愛的母親，當然，她也對我這個么兒特別疼惜有加。

因為，我和母親間的母子情緣，是在她諸多孩子中最為深厚的。換句話說，**我和她的母**

子關係，不僅緣深而且情重。

＊我當然知道，母親身心的老邁是會日漸明顯的。雖然那是必經的過程，然而看在做兒子的眼裡，卻難免心疼不捨，無奈唏噓。

我能做的，**除了盡我所能地為她付出更多關懷、尊重，與照護之外，更重要的，就是隨時提醒自己，要善加把握和她老人家共處的有限時光，珍之，惜之。**

＊畢竟，母親和我這么兒之間，那罕見深濃的舐犢情濃與孺慕情深，常教我內心深處隨時吶喊著：

「媽！您是我終生無時不眷念的身影。」

輯二

謝謝您生下了我

3 謝謝您生下了我

4 珍惜母子情緣

3

謝謝您生下了我

☆媽，謝謝您生下了我

☆母與么兒情深緣厚

☆為報恩趕做您九子

☆感恩您——生我、鞠我、長我、育我、顧我、渡我

☆享受您的體貼與叮嚀

☆無上親情珍品，此生福報

☆媽，謝謝您生下了我

＊母親在民國六年出生，那個年代民風相當保守，而且，守舊的農業社會下，一般家庭仍然有著「多子多孫多福氣」的傳統觀念。

因此，母親膝下有十個子女，正好五男五女。**論排行，我是「五男」，也是母親的第九個孩子。**

＊**第九個孩子？以今天這個年代，我是絕對不可能出生的。因此，我要心存感恩地對母親她老人家說聲：**

「媽，謝謝您生下了我！」

☆母與么兒情深緣厚

＊母親在她三十六歲時生下了我這個么兒，有句臺灣俚語說：「煞尾仔囝食較有奶（么兒最有奶吃）」，這話對我而言，是貼切的；母親曾對我說，直到五歲，我才真正斷了奶。

或許這個原因吧，在她眾多子女中，就屬我和母親之間的緣份最為深厚了。

往昔，母親與我閒聊時說過，當年生下我之後，她隨即生了一場大病，而且頗為嚴重。為此，我很早就告訴自己，這一生一定要比別人更加孝順母親，才能報答及彌補她當年懷胎十月又辛苦生下我的浩瀚恩情。

☆為報恩趕做您九子

＊佛學中曾將人與人或父母與子女間的關係，大致用四個因緣來概括：「報恩」、「報怨」、「討債」，與「還債」。

我總認為，前幾世和母親之間，一定有著相當深厚的善緣，否則，這一世怎會和她老人家相處得如此和睦又融洽？

＊如果拿前述四個因緣來說，宿世中，母親必然是有恩於我，而且是恩重如山。而這一世，我出生來作為她的兒子，應該也是為了報恩而來的吧！

年輕時，我並不很懂。但，從佛學中得到了領悟，覺得頗有道理。真的，否則我不會及時趕來做她的第九個孩子；而且，宿世的恩情一定非常大，非得要我在這一世趕緊對她報恩不可。

＊的確，如果這一生錯過了這機緣，誰又能保證，來生還會有這樣的善緣？若如此，她的恩情，我又該如何回報？

或許冥冥中，這全都是佛菩薩的善意安排吧！**為此，我要再次萬分感恩地說：**

「母親，謝謝您生下了我！」

☆感恩您——生我、鞠我、長我、育我、顧我、渡我

＊真的，如前述，排行老九的我，極可能不會被生下來的。換言之，這世間我或許未必能存在。然而，在因緣和合下，母親卻注定生下了我。

尤其，**母親不僅生下我，而且，在她對我一輩子無始無邊，以及無怨無悔的鞠我、長我、育我、顧我、渡我……**之下，讓我成為一個堂堂正正的人，俯仰無愧於天地良心，且對社會有所貢獻。

＊我常想，母親當年若沒有生下我的話，會是怎樣的情境呢？

首先，我將失去這一世學習佛法的因緣。

佛經上說：「人身難得。」也說：「佛法難聞。」真的，一個靈魂能夠得到一個人身來寄宿，已屬機緣難得了；而這個人身，如果又能欣聞到佛法，那麼，就更為殊勝了。**我幸蒙母親將我生下，而且，從小在母親篤信佛教的言行影響下，我得以耳濡目染地跟著她禮佛，並隨順因緣地走上了聽經聞法的學佛善途。**

*

其次，如果母親當年沒有生下我，我將錯失一位值得我終生學習的良母。雖然人皆有母，但，並非每個人都能夠擁有一位偉大的母親。**而我何其幸運，能夠作為一個偉大母親的兒子。**

換言之，我當時投胎之所若非母親肚腹的話，當然，就無法成為她的兒子。而若非有此因緣作為她兒子、受她撫育的話，我的成長與命運的發展，也必定迥然不同。**所幸，我和母親的緣份是深厚的，注定了這一生要來作為她的兒子，哪怕是排行老九，也要趕上。**

*

總之，我和母親今生的母子情緣，是個典型的善緣。這一生，我注定要被她生下；而且，**她之於我是個「慈母」，而我之於她則是盡力做個「孝子」。**

☆享受您的體貼與叮嚀

＊母親是個善解人意又特別替人著想的人，總是考慮到我有自己的小家庭，不希望造成我的為難或不便。當然，我也明白她內心的顧慮與擔心。

為此，我必須時時「將心比心」，儘量體解她的處境與感受，尤其，絕對不能讓她有「寄人籬下」的感覺。

＊說實話，多年來，**對於母親一直都能與我同住，讓我得以就近孝順她老人家，我深感這福報真非同小可、何其殊勝呀**。真的，這絕不是每個人想要就能夠得到的福報。

＊回想母親和我同住的那些歲月，我每天定時上下班，但是，該有的晨昏定省，始終力行不怠。**我從不把照顧母親當成一種負擔，甚至，更視之為一種福報及樂趣呢！**

＊可不是嗎？**每天上班前向她道別時，她總會提醒我：「便當帶了沒？」「別忘了手機哦！」「車子要開慢一點！」「天冷了，要多穿些保暖衣服哦！」這些叮嚀，我從不嫌她囉嗦。反倒是，偶爾她忘了提醒我時，我才覺得不習慣呢！**

＊**每天我趕在晚上六點前後抵達家門，為的是，怕她等我吃晚飯等得太久**。所以，六點左

右，只要大門一推，她就知道是我回來了。她一看到我平安下班回來，自然高興無比。

「媽！我回來了！」

「肚子餓了吧？趕快來吃晚飯！」她坐在餐廳裡，迫不及待地面向大門招呼著我用餐。

「好！我先去換衣服、洗個手，馬上就來吃。」我仍然像個大孩子般熱情地回應著她。

☆無上親情珍品，此生福報

＊可別小看這些看似平常的對話與互動，對於百歲高齡的老母親，以及我這已逾花甲之年的老孩子而言，這之間的舐犢情濃、孺慕情深，與天倫之樂，就流露在彼此的眉目之間以及談笑言語中。

斯景斯情，對我來說，永遠是無上珍品，更是此生難得的福報。

＊總之，母親，謝謝您生下了我！

4

珍惜母子情緣

☆恩深情重難言表

☆唯有慈母能渡我

☆珠璣慧語勸善誘

☆苦口婆心勸頑石

☆母親讓我這顆頑石點頭

☆感謝佛菩薩讓我們倆做母子

☆恩深情重難言表

＊娑婆世界芸芸眾生中，互為母子關係者比比皆是，但，對我而言，**能夠有緣與母親成為母子，而且是一種善緣，絕對是我此生最大的幸運，更是最難得的福報。**

＊誠然，天下母親在兒女眼中，多半是偉大的。當然，個別母親所展現的偉大其形式紛繁有別，程度上也是難以相互比較的。**但，我很自豪地認為，我母親的偉大是特殊的，是罕見的。**

＊生為母親的第九個孩子，似乎是一種命定。

我在略為懂事後才知曉，當年母親面對的艱辛困境——產下么兒我之後她即重病纏身，當時，她不但要哺乳剛剛呱呱墜地的小嬰兒，還有其他八個較大的孩子有賴她悉心照顧呢。真不知母親這樣一位弱女子，她是如何咬緊牙關渡過如此困境？

＊早熟的我，懂事後總是自責，母親的病是因我的出生才造成的——難怪「生日」在佛教中會被稱為「母難日」。

為此，我經常警惕自己，這輩子一定要盡心盡力孝順母親，否則如何回報她當年十月懷

胎又辛苦生下我的恩情？

＊ 若要以一句話來表達這種感受，那麼以下這句話，會是我內心最純真與最誠摯的心聲了：

「感謝佛菩薩讓我們倆做母子！」

☆唯有慈母能渡我

＊ 我曾多次提及，**母親她老人家對我一輩子無始無邊以及無怨無悔地生我、鞠我、長我、育我、顧我、渡我……**，如此深重恩情，是我難以詳細縷述與一一回報的。

＊ 那種無私不求回報的恩德與親情，真是「欲報之德，昊天罔極」。年輕時唸此詩句，體會並不很深刻，爾後再讀，卻是感觸無限！

＊ 這一輩子母親對我恩深情重，其自我犧牲之諸多感人母愛事蹟，不勝枚舉。**尤其，她在「渡我」這方面的教化與影響，更是我獲益最深以及最受感動的部分**。

平心而論，「渡化」兒女這方面的展現，並非每個母親都有此能力或機緣做得到；而我的母親卻表現得十分卓越，這一生，她注定成為「渡我」之良師。以下，且聽我道來。

☆珠璣慧語勸善誘

＊不諱言地說，我在日常待人處事的表現，還算得體。但，內心裡其實有些自命不凡，骨子裡更是不免自負與自大，脾氣方面，則更是有待加強改善。

母親對於我這樣的個性，不免煩惱與擔心。

＊「阿堯，你其實是個非常有善心又處處替人著想的人，為這個家族及別人做了不少好事。可是你若經常以如此個性待人，那麼，你為他人所做的一切善舉，終究也是白做了。」

可不是嗎？佛門諺語中也常提及：「一念瞋心起，百萬障門開。」「一念瞋心起，火燒功德林。」

＊母親她老人家經常憂心又苦口婆心地勸我，常逞一時口舌之快的脾氣與瞋心，往往會落得非僅「有功無賞」，而且更是「前功盡棄」，其實，也是件得不償失的結局。

母親的話極是，她向來就是個非常有修養、有智慧的長者。

☆苦口婆心勸頑石

＊「阿堯，我很感謝你和阿瑩讓我定居在你家，這讓我方便了許多，心裡也踏實地安頓下來。你們如此孝順，我由衷地感激，真的非常謝謝你們！」

「當然，你的事母至孝，是毋庸置疑的，令我好感動。我也知道，你替你兄姐們盡了不少孝順我的義務。說實話，你胸襟的確是夠寬大的，但，你的脾氣，令我有些擔心！」

聰慧的老母親總是善用情境，藉機來教化我、引渡我。

＊「阿堯，我能夠講講你的脾氣與個性嗎？你會生氣嗎？」

你瞧，身為一個母親想要說說兒子的不是，都還要如此客氣，我是否該好好檢討呢？不過，我真的佩服她老人家，對我是如此用心良苦與真正疼惜。

我知道，母親內心的願望，期待能在有生之年渡化我這顆頑石，讓我的心性能夠更加向上。

＊「說實話，你為我付出這麼多，甚至，做到一般人都做不到的地步。我不僅感動，也非常感謝你。尤其，你的兄姐們也對你相當肯定呢！阿堯，你都做得這麼好了，為什麼不

把脾氣也修得更好些呢？」

「你對我的至孝，即使做得再好，但若伴隨著壞脾氣，終究，人家只會記得你脾氣的缺失，而忽視了你的好。這不是很冤枉嗎？」

對母親而言，我的缺失包括：自命不凡、自以為是、自大、自負、不太聽人勸，以及耐性不足等個性上的多項不當。

*「你這麼聰明，一定懂得『一粒老鼠屎，壞了一鍋粥』的簡單道理。阿堯！真的，媽希望你能夠改善脾氣，若能做到，你的胸襟與格局將會更加提升。我也相信，你一定做得到。」

啊！母親說得極是，若不是她的慈悲與聰慧，以及不厭其煩的苦口婆心，這自命不凡、自以為是的我，真的是不容易感化的。所幸，在母親睿智的諄諄教誨下，我也終於澈底領悟了這簡單的大道理。

*說實話，這一切都得感謝母親她慈悲及耐心的渡化我。因為，這世上除了母親之外，幾乎是沒有人能夠讓我這一顆頑石輕易點頭啊。

*回想從前，母親在我的待人處世上，渡化我的例子不勝枚舉。好像我們母子間的關係，很大成分是——**這輩子她是來點化及引渡我的，而我，則是來向她報答恩情的。**

☆母親讓我這顆頑石點頭

＊「阿堯，你不是每天都在敬誦《六祖壇經》嗎？你曾經提到，六祖惠能大師告誡世人，要『內調心性，外敬他人』，而你既然如此虔誠，那麼，何不從對待家人及你的兄姐們做起呢？」

啊！母親又在渡化我了。

＊慚愧啊！當時自認敬誦《六祖壇經》已數百部的我，竟然不如一個年近百歲母親的睿智與善根。

＊對她，我無法不心悅誠服；對她，我也無話可辯。**這一生，她老人家注定要來渡化我。真的，除了母親，幾乎沒人能夠讓我這顆頑石輕易點頭，她就如同我的佛菩薩一般。**

☆感謝佛菩薩讓我們倆做母子

＊此刻，我內心深處不由得湧出一股溫馨暖流，對於這位偉大慈母能在我這一生示現，我

不禁要再度輕聲吶喊：

「感謝佛菩薩讓我們倆做母子！」

「感謝母親，您在有生之年，對我無怨無悔以及苦口婆心的渡化。」

*

我想，這也是在我內心深處，對她最誠摯與最純真的緬懷與感恩。

輯三

忘不了您的溫馨疼惜

5 樂為您心疼老小孩

6 享受您的溫馨叮嚀

7 永難忘懷您的疼惜

8 您就是我的佛菩薩

5

樂為您心疼老小孩

☆樂為母親心中老小孩
☆依舊被母親疼惜的幸福
☆母親的好意要欣然領受
☆母親總把我當成三歲孩
☆再老，還是母親的小小孩

☆樂為母親心中老小孩

＊一個已過花甲之年的人，算不算老呢？

即便我已是擁有內外兒孫的祖父及外公之輩，但，在高齡居百歲的老母親面前，卻永遠算是個孩子，頂多只不過是，一個更成熟的孩子而已。

＊這讓我想起古代二十四孝中，老萊子「彩衣娛親」的故事。它不僅發人深省，更是現代人應該學習的孝行；也應驗了一句很平常的話：「**在父母面前，我們永遠是個孩子**」——**無論我們年紀已有多大**。

＊因此，如果你的母親老是把你當成孩子看待時，千萬別感到厭煩，因為，有一天，當你年華老去，角色易位時，你也會以如此心態對待你的兒女。此時的你，非僅不該感到厭煩，甚至，更要順勢配合演出。因為，如此將能提升年邁母親自我價值的肯定。

＊**而我，就經常扮演一個以此為樂的「老孩子」**。

☆依舊被母親疼惜的幸福

＊回想從前，我中午習慣在辦公室吃便當，而飯菜就是前一天晚餐多備的一份。一方面，我可以省下午餐時間；另方面，重口味的外食我已愈來愈不愛吃，而自帶的午餐，既清爽又養生。況且，便當的內容及份量，都是我自己決定及裝添的，因此，倒也頗為自在。只是經常發現，有些菜餚昨晚並沒有放進飯盒，午餐時卻突然出現。起初還懷疑自己——難道我的記性已然這麼差了嗎？後來問了照顧母親的外傭瑞塔，才恍然大悟。原來，母親看我自盛飯菜時，總覺得太過清淡，怕我營養不夠，便逕自要求瑞塔幫我再添入一些食物。時而滷蛋、煎魚，時而豬肉或大哥買來孝敬她老人家的吻仔魚乾，深怕我營養不良似的。

＊一開始，我也曾經婉拒她的好意，但，母親不理會我，依然要求瑞塔照她指示去做。每想起這事，內心就倍覺一股溫馨。

＊雖然當時的我，已是個祖父輩的老者了，但在壽登耄耋的母親眼中，卻依然還只是她從前的小小孩。

其實，我早該深悟這一層簡單哲理，好好去享受——

「一個老小孩依然能夠被老母親疼惜的幸福與愉悅。」

☆母親的好意要欣然領受

＊「阿堯！這裡有『松竹梅』壽司屋的花壽司及手卷，很好吃，晚餐時你就先吃這些吧！」母親慈祥又和藹地對我說。

外傭瑞塔告訴我，那些食物是兄姐們來探望母親時，帶來一起午餐的，每人都有一份。不過，母親每次都佯稱吃不完，而留下了一大半。等我下班回來時，她就迫不及待地催著我吃。

＊**我當然知道，她並非吃不完，而是捨不得吃，刻意留下來給我的**。前幾次，我拒絕她的好意，推託自己並不喜歡吃這些食品，希望她自己享用就好，不必刻意留給我。不過，我發現她有些失落，讓我覺得於心不忍。畢竟，這是她疼惜我並表達關愛的一種方式。

＊「好吧！媽，我來品嚐一下，看看味道如何？」

後來，我態度大轉變地對她說。甚至，索性當著她面，很快地吃完這些壽司，並誇讚說：

「媽！這些壽司及手卷滿好吃的，謝謝您特地留給我。」

＊她看著我大快朵頤的吃相，眼神既慈祥又滿意，頓時，我也跟著高興。而一高興，就吃得愈起勁。**這時候，母子倆皆大歡喜，何樂而不為呢？**

＊**想想：都這麼大把年紀的我，還能夠有個老母親把我當成孩子般疼惜，這是何等福氣啊！真的，母親的好意要欣然領受。**

☆母親總把我當成三歲孩

＊「阿堯！今天的天氣很冷，上班要多穿點衣服，免得感冒哦！」

看！我都已是一甲子年紀的人，母親還是把我當成三歲小孩般看待，深怕我不會照顧自己似的。尤其是冬天寒流來時，她更是再三叮嚀。

＊「媽！您別管我啦！我向來就不太怕冷，不需要穿太多衣服。倒是您年紀較大，需要多穿些呢！」

然而，她並不理會我。每次在我上班出門前，總是不忘再三叮嚀：

「阿堯！有沒有多穿些？圍巾帶了沒？氣象局有報導，傍晚會有另一波寒流來，溫度會降低五度左右，要注意保暖，不要感冒了。」

☆再老，還是母親的小小孩

＊說實話，她根本無視於我已是年過六十的人了，始終還是把我當成不懂得照顧自己的孩子般看待。

＊**後來，我想通了，不該和她爭論，要順著她的善意去做**。因此，每當她又叮嚀時，我就回她：

「媽！多謝您提醒，我已多加了一件羊毛背心，也套上圍巾了。」

說著，就當著她面，把圍巾套上。這時，她滿意地對我說：「對嘛！這才夠暖和，趕快上班去吧！」

＊其實，這也是母親關心我的一種方式。如此，不僅讓她展現熱力未曾稍減的母愛，同時，更令她感覺到生命的無窮意義以及活著的價值。

＊

說實話，「再老，我還是母親的小小孩」。

我愈來愈懂得身為一個老小孩，卻依然能夠被老母親疼惜、關愛的那種幸福感。

6

享受您的溫馨叮嚀

☆盛滿母愛的跑步機
☆感人又可敬的慈母愛心
☆享受老母親的溫馨叮嚀
☆感動母親的特別關懷
☆在母親面前我永遠是個孩子

☆盛滿母愛的跑步機

＊早些年為了健身，我打算買一部跑步機，母親執意要為我付帳。理由是多年來，她長住我家並受我悉心照顧；藉此，她想聊表謝意。

我當然不肯，但拗不過母親的誠意與堅持，只好跟她談條件。最後達成協議：我接受她贊助一半費用的心意。

＊**其實，有時候欣然接受對方的善意，讓對方感到愉悅，也是一種表達愛的不錯方式。的確，我這麼做之後，母親比我想像中的還要高興，她看著我每天使用跑步機，滿意在心頭。**

＊之後，拄著助行器在一旁觀看的母親，經常會像個嚴格教練提醒著我：

「飯後已經一小時了嗎？一定要有足夠休息後才走，否則對腸胃不好。」

「早就過了一小時了，而且超過五分鐘了。媽！沒問題的。」

不厭其煩的母親，每次看到我準備運動時，一定會趕來提醒我，飯後運動應該注意的事項。

☆感人又可敬的慈母愛心

＊「阿堯！別走太快了，慢一點。」

其實，我才把跑步機的時速稍稍往上調整，坐在隔間的母親就從跑步聲的變化，發覺我加快了腳步。真是觀察入微，你不得不佩服她的靈敏和細心。

＊「時間到了嗎？好像還差五分鐘呢！」

「不會錯的，面板上有計時器顯示呢！」

母親一方面怕我運動量不夠，卻也擔心我運動過量。而每當我走完時程之後，她又忙著提醒我：

「趕快把汗擦掉，多喝些水，穿上衣服，以免著涼了。」

＊**啊！真是天下慈母心，當時的她都已是九十八歲高齡了，而那愛子心切的舐犢情，卻是恆常不變，而且是歷久彌濃。我的內心，除了感動外，更是感恩萬分。**

☆享受老母親的溫馨叮嚀

＊「阿堯！中午的便當帶了沒？也別忘了帶你的手機哦！」

自從發生過幾次出門忘了帶便當或手機，結果半途折回家去拿的糊塗事件之後，這句話已經成為上班前，母親一定會再三提醒我的話語。

＊我在年輕時，如果聽到類似的對話，肯定會覺得母親太囉嗦。但是，後來聽了反而感到一股暖意在心頭。**甚至，會把這樣的感覺，當做一種無比的享受，享受著一位老小孩還能被母親溫馨叮嚀的無上幸福。**

☆感動母親的特別關懷

＊母親一生虔誠信佛，尤其和「南無觀世音菩薩」特別有緣。

她幾乎每天早晚都會向觀世音菩薩禮佛、敬誦佛號，同時也為十二生肖及普羅眾生們祈願。此外，更祈求家中所有親人都能夠平安、健康。

＊從小，我深受母親的身教感化，每天早晚也各以一炷清香來禮佛。**有些時候，清晨正好與母親同時禮佛，總會聽到她口中唸唸有詞。而在她的祈禱文中，竟然也有特別為我祈禱的部分，真是令我感動又感激！**

＊我當然知道，母親對我這個么兒的特別關愛，遠勝於其他人。向來，母親對我的善良及孝行幾乎是高度肯定的。而唯獨脾氣這事，她頗有微詞。的確，脾氣是我最大的缺點，也是我做人處事方面最需要改善的地方。**為此，她每天在禮佛時，總會為我祈求這方面能有所精進，而且非常虔誠；**我當然知道，母親是深愛我的。雖然，我偶爾還是難免會令她失望，**畢竟，改善脾氣並不是件容易的事。但，自從受了母親的感召之後，我確實改善了許多。**

☆在母親面前我永遠是個孩子

＊我當然知道，歲月總是催人老。我和母親都會隨著時間沙漏的流逝，一天、一月、一季、一年……愈來愈老，甚至，老去。而不變的是，母親仍然會是一個永遠年長我三十五個年頭的母親。

換言之，**母親會是我永遠永遠的老母親，而我也會是她永遠永遠的小小孩**。這聽起來或許平凡，但，其實是一件很值得深思的事。

＊ 可不是嗎？一個人再老，卻永遠只是母親心目中的小小孩子。

＊ **我何其有幸？在當年已過花甲之年時，還能有個百歲老母親來疼惜我。**

我，以此為樂，也以此為福，更是心存感恩！

7

永難忘懷您的疼惜

☆令人景仰的人氣王母親

☆阿堯一生的導師、永遠的慈母

☆母親如同觀世音菩薩，我是她跟前童子

☆無法抗拒母親的慈祥凝視

☆為我祈求阿彌陀佛加持與保佑

☆難忘母親的慈愛與疼惜

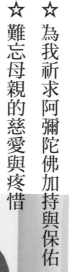

☆令人景仰的人氣王母親

＊母親是個人緣非常好的傳統女士，不僅相貌端莊賢淑、和藹可親，而且，舉止優雅、謙遜有禮；待人更是大度、慷慨好施。

這些形容及讚美之詞，絕非出自我口，而是在眾多親朋好友及左鄰右舍間有口皆碑的。

事實上，她老人家真的就是一位令人景仰的「人氣王」。

☆阿堯一生的導師、永遠的慈母

＊**能夠作為她的兒子，真是三生有幸！**

其實，這也是為何我經常稱她是「我阿堯一生的導師，永遠的慈母」的最主要原因。

＊如前所述，我有著自視不低，甚至內心驕慢的缺點。長年來，一直都未能好好改掉。

坦白說，周遭人中，能夠在德行及涵養上讓我心服口服的，也真是不多見。而母親在我心目中，則是少數人中的第一人。

＊ 每當我故態復萌，又冥頑不靈時，幾乎沒有人能勸得動我。**此時，也只有母親她老人家，能夠讓我一時激動的心緒逐漸平和下來，而願意傾聽她的善語，並順從她的勸導。**因為，母親總能耐住性子來勸導我。**偶爾，我難免也會無厘頭地對她有些不敬言詞，但，她幾乎每次都可以心平氣和地對待我而不動怒。真的，她的寬宏與大量，每每令我不由得自慚形穢。**

☆母親如同觀世音菩薩，我是她跟前童子

＊ 也由於她的寬宏與大量，才能夠讓我對她澈底地心服口服，而心甘情願地接受她老人家的勸化。

她之於我，就如同是慈悲為懷的觀世音菩薩，而我正是菩薩跟前的童子，隨時仰盼著她老人家的諄諄教誨與化導。

＊ 她的循循善誘，根本不須長篇大論。因為，長年以來，她的身教遠勝於言教。**通常，她每每只需須心平氣和並點到為止，然後，很有耐性地等待著我的自省。**

最後，我終會順從於她的教化與導正。印象中，每次都如此，幾乎少有例外。

☆無法抗拒母親的慈祥凝視

＊ **坦白說，母親是一生中對我最具影響力的人。**

除了她令我敬佩的言教與身教外，光是看著她慈眉善目以及和藹可親的容顏，就足以讓我冥頑的心緒為之安穩下來，不再自以為是，而願意接受她的教誨。

＊ **我無法抗拒她老人家對我的慈祥凝視，因為，那眼神中充滿著無盡的疼惜與溫馨，而令我無法不深受感動，感動於她對我一輩子無怨無悔的疼惜。**

即便是當年已百歲高齡的她，體力上雖已不易付出行動，但，**那極為慈祥眼神的深處，反而釋放出更多來自她老人家的無盡慈悲與疼惜。**

＊ 何其舐犢情濃的天性展現啊！一點也不做作，渾然天成，令我倍覺母愛之浩瀚無垠。

＊ **母親她老人家對我永恆不斷、亙久不減的母愛付出，都是無私的慈悲，這些絕對是我終生難以回報的恩澤。**

☆為我祈求阿彌陀佛加持與保佑

＊**「阿堯！過來我這兒，讓阿彌陀佛為你加持，保佑你的肝功能夠趕快痊癒，身體更加健康！」**

我回應母親的叫喚，走近她的身旁。隨即，她將已經整理就緒的佛珠，往我身上肝臟的部位輕拂幾下，同時，嘴裡唸唸有詞地為我祈禱了一番。內容不外乎：祈求阿彌陀佛的神力加持，能夠醫治好她心愛兒子的慢性肝炎。

＊母親每天有兩次敬誦佛號的時間，她老人家早已把這件事當做每天的例行功課，不僅虔誠向佛，而且持續有恆。

令我既感動又感激的是，每次誦完佛號，只要我在家，她老人家一定會如前所述地將念佛功德迴向給我。**而即使我不在身旁，她也會以她的方式祈求阿彌陀佛，加持及保佑我身體健康。**

☆難忘母親的慈愛與疼惜

＊夜闌人靜，每思及此，母親於我的諸多疼惜點滴……，歷歷如昨，都令我終生難忘！

＊啊！親愛的母親！想念您……，想念您對我無私的慈愛，更想念您從不求回報的疼惜……

8

您就是我的佛菩薩

☆一位愛屋及烏的慈悲長者
☆待人大肚善體人意的母親
☆母親就是我的佛菩薩
☆您慈祥眼裡滿是疼愛與溫馨

☆一位愛屋及烏的慈悲長者

＊母親是個相貌慈祥、心地慈悲的人，而且，她的悲心不僅止於關注我及家人。甚至，對在她身旁照顧十年左右的外傭瑞塔也是如此。

坦白說，她是一位愛屋及烏的慈悲長者，為了愛護他人而委屈自己也在所不惜。

☆待人大肚善體人意的母親

＊母親善體人意、處處為別人著想的事例不勝枚舉，例如：為了讓瑞塔多些休息，母親總善意地要她利用自己誦佛號時間，先去小睡片刻。詎料，有一次，母親誦完佛號後，瑞塔或許因太累之故依然沉睡不醒，母親不忍叫醒她，逕自從輪椅起來走向臥室，卻不慎跌跤在客廳長條木椅上，一時無法動彈。

所幸瑞塔反應靈敏，聽到碰然一聲隨即驚醒，火速趕去客廳扶起母親並緊急照護。感謝佛菩薩保佑與加持，乍然受到驚嚇的母親幸無大礙。

＊ **我當然知道，會發生此意外，主因還是母親的慈悲心使然：為了疼惜瑞塔，讓她多休息而不忍叫醒她。**

其實，我早先就在輪椅把手上裝設了一個無線電鈴，方便母親有所急需時，得以隨時按鈕求助。**但，她生性慈悲、體貼他人，此一無線電鈴簡直形同虛設，常無用武之地。**發生此回摔跤事件，我真的也不忍心過多責怪她老人家了。

＊ 更令我無奈又敬佩的是，母親居然要求瑞塔別讓我知道此事。除了怕我擔心外，也怕我怪罪瑞塔失責，更怕我生她老人家的氣。因為，我經常提醒母親，絕對要避免做一些無法獨力承擔的事，有需要時務必按鈕請家人協助才好。

雖然母親每次都答應說：「好，好，好，我知道……。」但，經常未能信守承諾，令我不免為此而生她老人家的氣。因為，那些年，她的體力與精神已是大不如從前了。而為了她的安全，我對她老人家的要求也就特別嚴格，其實真是情非得已啊。

☆母親就是我的佛菩薩

＊ 說實話，那次母親摔得真是滿嚴重的，她自己也很受驚嚇，因為，從來不曾發生過她身

子無法動彈的情形。因此，瑞塔一點也不敢隱瞞事實，趕緊據實向我報告了。還好，有驚無險，檢查後發現只有些微皮肉淤傷。佛菩薩對母親如此地庇佑，我真是太感恩了。

*　**因此，自那次事件後，我徹底改掉了往昔的急躁脾氣，反而努力以更加心平氣和的態度去面對母親。**我深知，母親摔倒之後，內心必定惴惴不安，擔心我會責怪她為何再次未守承諾。其實，那天我下班回家，一進門見到母親時，就已覺察到有些異狀了。

*　事後回想起來，還記得當時母親的神情極為落寞，一副心事重重的樣子。**尤其，她眼神中流露出幾許惆悵與憂心，愈發令我於心不忍。天啊！我怎捨得讓我敬愛的母親承受如此沉重的壓力呢？**

於是，我趕緊心念一轉，假裝不知情的樣子，並私下交代瑞塔利用我不在家時，先告訴她老人家，我已知曉她摔倒的事，但我不會責怪她，請她放心。

然後，我又另找適當時間，親自慰問她老人家的傷情，並為她重新換藥水、塗抹藥膏。好不容易，幾天後，她才終於眉舒目展，漸漸恢復了往常的精神與風采。

*　「阿堯！很抱歉！又讓你擔心了。是我不對，下次我不會再犯同樣的錯誤了。也謝謝你這次沒有責怪我，而能心平氣和地對待我，我非常高興，你進步了！」

她老人家不說還好，說了，更讓我慚愧萬分。作為兒子的我，母親都摔倒了，即便真的是她的疏忽，我也沒有任何理由再去責怪她啊。這點，我真該好好自我檢討，並銘記在心才對！

☆您慈祥眼裡滿是疼愛與溫馨

＊無論如何，這件事對我，絕對是正面的影響與啟示，因為，她把我的時常不當發洩脾氣的舊習匡正了許多。

說實話，母親真的就像是一位佛菩薩般，隨時都在藉機渡化著我。

＊可以說，每個事件的背後，都有著母親她老人家的美意。尤其，我望著她那慈眉善目的容顏時，內心就不由自主地想對她老人家說：

「媽！您慈祥的眼裡，滿是疼愛與溫馨。」

輯四

一切努力向上
皆為您

9

為報母恩志氣高

☆難忘兒時如煙往事
☆慈母手中扇，為我捎涼風
☆窮家孩童雀躍入學
☆為報母恩，人小志氣高
☆感動於慈母為家計不辭辛勞
☆撫慰母心的乖小孩、好學生

☆難忘兒時如煙往事

＊我對母親的印象，上小學之前的部分較不完整。長大後回想，印象較為深刻的是，兒時仲夏的午後，我常依偎在母親的懷抱裡，和她一起躺在竹床上睡午覺。母親因為家務繁重，每天下午有小憩片刻的習慣，而我弱小的身軀，就乖巧地靜靜側靠在她的胸前，聽著她的心跳聲，不知不覺進入了夢鄉。

隔壁西服店的楊老闆，總是一面工作一面播放著收音機，音量開得很大，加上遠處間歇傳來夏蟬的叫聲，與電臺節目相互較勁，說實話，閉上眼睛聽更覺得一片「嗡嗡嗡」聲，轟鳴不已，一開始想要入睡並不容易。

而母親或許是太累了，很快就進入了夢鄉。**我不敢打擾她，自己靜靜地望著母親輪廓漂亮、氣質婉約的臉龐，不一會兒，也跟著睡著了。**

☆慈母手中扇，為我消涼風

＊睡夢中，一陣陣涼風襲來，我半睡半醒瞇著眼睛看，原來是母親邊睡邊搖扇的風呀。仲夏，臺灣無論南北都非常酷熱，窮人家連個電風扇也沒有，只能靠手中搖扇來取涼。**母親大概見我滿頭冒汗，心疼我，即使是自己累壞了，還要為我搖扇。啊！我真是幸福。**說實話，每次午睡，我這個閒人休息得比她還充足。因為，當我從燠熱中醒來時，往往發現床上就只剩我一人，而母親早就起來多時，又去忙她做不完的家務事了。

＊這些陳年往事，雖早已飛逝數十載，但，卻又歷歷如昨。**母親她那慈美的容貌、柔暖的懷抱、溫馨的體香，在我幼小的孩提心靈裡，都是一種安全又慈愛的保障。說實話，她之於我的關懷與照料，從小就如同菩薩般地施護著我。**

☆窮家孩童雀躍入學

＊回想那年代，窮人家小孩是沒有上幼稚園的條件與財力的。不過，小學是屬於國民義務

教育，因此我在七歲時便很自然地進入了「新竹國民小學」。

猶記得入學第一天，心情非常雀躍，因為，我期待上學已經很久了。尤其，在同齡鄰居小孩紛紛上幼稚園之後，天天看著，我心裡更是羨慕萬分。

＊不過，我並不埋怨母親沒能讓我上幼稚園。坦白說，作為窮人家小孩，我早就認份地領悟到，幼稚園教育是與我無緣的。而能夠如期進入國民小學，已是一件非常興奮的事了。

☆為報母恩，人小志氣高

＊依稀記得開學第一天，母親既慈祥又嚴肅地囑咐我：

「阿堯！一定要用功念書，將來才會有出人頭地的一天。」

當時，我挺胸昂首，很慎重地朝她點了點頭，回答說：

「媽！我一定聽您的話，會努力用功讀書。」

＊然後，目光炯炯、煞有其事地望著母親；我不是在虛應她，我是非常認真的。**我在想：就一位小學生而言，做個乖巧又用功的好學生，應該是慰藉母親最直接及最具體的方式吧！**

＊後來，我真的沒有辜負母親的期望，六年國小生涯，我始終保持著品學兼優、名列前茅的佳績。尤其，當時的國中還未施行義務教育，入學前必須經過嚴苛的聯合招生考試（當時尚稱為「初中」而不叫「國中」）。記得當年，我乃是新竹國小畢業生中，以最高分考上「縣立新竹一中」（即現在的「建華國中」）的，同時也是以榜眼（僅次於狀元）成績被該校所錄取。

＊**如此殊榮，確實讓母親在親朋好友及左鄰右舍中，受到了相當的讚美與羨慕。頓時，母親長期以來的含辛茹苦，得到了一定程度的慰藉。**

☆感動於慈母為家計不辭辛勞

＊不記得從我小學幾年級開始，母親為了維持一家十口的龐大家計，除了必須幫人洗衣、打雜工之外，同時也兼做手工，為人編織竹藤類工藝品，每每必須工作到三更半夜還無法上床休息。

＊**經常，我在半夜醒來如廁時，看到可憐又可敬的母親仍駝著背，在暗淡燭光下趕工。由於工作過量，她的十根手指常因藤竹刮傷而貼滿膠布，不時還有血漬溢出，卻依然必須**

支撐下去。

看到如此情景，我的內心難過萬分，卻又無奈不捨，一點忙也幫不上。只記得，當時幼小的心靈深處激動不已，暗自立下誓言：

「媽！您放心，我會用功念書，將來出人頭地，一定要好好孝順您！」

☆撫慰母心的乖小孩、好學生

＊印象中，小學時期的我，不僅個性溫馴而且純真、善良。對母親如此艱辛之境遇，總為她感到可憐和不捨，但又無奈於自己的無助、無力。而為了撫慰母親，我總盡力做一個人見人誇的好孩子、好學生；事實上，我確實也做到了。

＊**我想，當年母親和我之間的如上親情互動，應該是我們母子間舐犢情濃與孺慕情深的早期剪影吧！**

10 一切努力都為您

☆家貧受欺，誓願力爭上游
☆青澀少年的宏願
☆一切都是為了母親
☆沒有叛逆的青少年期
☆母親的耳提面命
☆阿堯永遠永遠的慈母

☆家貧受欺，誓願力爭上游

＊回想昔日的臺灣，那個物質條件極其缺乏的年代，窮人家幾乎是沒有任何社會地位可言的，不單不被正視，甚至還經常被欺侮。依稀記得在我小學三年級左右，這種情事也曾發生在我們家。

＊當年的褚家，應該是方圓一百公尺內最窮困的一家了。有一天，鄰居中某位富人，為了他家一點芝麻綠豆大的私利，與我父親發生衝突，甚且仗著財大氣粗，開始拳打腳踢起來。由於對方人高馬大，身材瘦小得多的父親三兩下就被推倒在門前大水溝裡，造成多處外傷。

當時我正好在場，眼見父親被欺侮，頓時氣憤得直想撲上去痛擊對方，根本沒考慮到自己只不過是個三年級的小學生，身材和力氣與這批大人相比何其懸殊，無異於以卵擊石。不料，我的拳頭還沒揮出去，就被一臉驚惶的母親攔截下來。只見她滿眼淚水地苦求對方，不要再以暴力相逼。

這時，事件的發展已引起周遭鄰居們的公憤，眾人皆知，對方的行為可謂「為富不仁，以富欺窮」。因此，大家不免「路見不平」，意欲「拔刀相助」——於是乎，眾人分工合作：有些人急著去制止暴力，有些人忙著從水溝中拉起我受傷的父親，有些人則善意地安慰仍在驚惶中的母親。

＊ **我激動地抱著母親仍在顫抖不已的身軀，內心懊惱著自己的無能，沒能夠保護自己父親，以及我那可憐的母親。這件事不僅對我幼小的心靈造成相當大的影響，也激勵了我一輩子無止境的向上心——力爭上游。**

☆青澀少年的宏願

＊ 我發願有朝一日，一定要讓人對我刮目相看，對我們褚家不再輕視，而是充滿著敬佩與羨慕之情。**尤其，要讓所有鄰居、親戚與朋友看到，母親所生所養的這個么兒，是一個上進、有傑出成就的好孩子。**

這樣的心願，對一個青澀年少的孩子，算不算偉大呢？

＊ 當時，我只覺得內心義氣凜然，**一切努力向上的動機都是為了母親，為了讓她一吐怨氣，為了讓她抬得起頭來，為了撫慰我可憐又可敬的母親，她那顆純淨又偉大的心靈。**

☆一切都是為了母親

＊我用功讀書、名列前茅，為了母親；我賽跑運動、力爭佳績，為了母親；我品學兼優、知書達禮，為了母親。一切都是為了母親，這一股動力，也不知道是從何處而來，或許是我和母親緣份特別深厚的「母子情深」吧！

＊總之，這倒好，我一路走來，無論是待人或處世，都能在正途上循規蹈矩，而不至於走向邪路。坦白說，這一切的一切，都應該感謝母親對我的潛移默化以及無形又深遠的影響。

☆沒有叛逆的青少年期

＊上了初中後，我從一個兒童漸次長成青少年。而由於身為老么，平常和母親的互動比較多。或許是從小就能體會到母親的艱辛遭遇和她的偉大人格，印象中，我的青春年華，並沒有顯著的「心理叛逆期」。

換句話說，在那個生理、心理皆經歷劇烈轉變的青春期階段，我的行為卻幾乎很少有讓母親操心的地方，與一般男孩子在這時期因為血氣方剛、年輕氣盛，容易叛逆、躁動惹事的情形截然有別。**那時年紀雖小，但，其實我已能深切體悟到，乖巧行為的展現，應該是我當時能夠具體報答母親的唯一方式**。

* 高中以後，我的品性及學業一如既往，始終保持著名列前茅的佳績。如此表現，一路走來，從「新竹國小」、「新竹一中」、「新竹高中」，至「臺灣大學」的求學生涯中，幾乎從未有過脫離正軌的情事，當然，也從來沒讓母親有過不必要的擔心。

☆母親的耳提面命

* 說實話，母親從來不擔心我的課業及品性，也從來不對我囉嗦。只記得，她曾經對我說過：

「阿堯，前途是自己的，為自己用功念書吧！」

* **我當然明白，在踏入社會有能力賺錢之前，我唯一能夠報答母親的，也只有交出好的成**

績單一途了。

因此，一路走來，我努力考上一流學府並在課業上名列前茅。猶記得，在高手如林的臺灣大學，我曾經拿過不少次書卷獎（成績位居前三名內）呢！

＊值得一提的是，在大學畢業及研究所入學之前的那年暑假，我一氣呵成地通過了難度頗高的「國家高等考試」（企業管理人員及格）。

坦白說，參加高考並無特殊目的，當時只想再次證明自己這方面的實力，並增加一張文憑而已。

＊不過，心坎裡想的，其實，無非光耀我褚家門楣，回報我慈母養育恩情。這一切，都蘊藏著我與母親間的母子情深啊。

說真的，我的一切努力，為的是，讓別人羡慕她擁有著這麼一位傑出的好兒子；換言之，我只想將一切榮耀歸功於我敬愛的母親。

☆阿堯永遠永遠的慈母

＊回想從前這些點點滴滴的真情自然流露，源源不絕地來自於么兒與母親之間，從嬰兒、

童年、青少年、成年、壯年，以至於老年，那始終不曾間斷的「母子情深」與「宿世善緣」。

＊只因為，這位可敬又可愛的老母親，是我阿堯永遠永遠的慈母……

輯五

您永是我的寶貝

11 把您當做寶

12 您之所好曲意承歡

13 行孝及時莫遲疑

11

把您當做寶

☆老母親是我的寶

☆正視高齡母親的「老小老小」情懷

☆母親喜歡的東西我如數家珍

☆化被動為主動孝敬母親

☆讓母親知道么兒永遠愛她

☆老母親是我的寶

＊母親在九十歲之後，因為年紀大了，心臟功能稍微減弱。多年來，都在新竹馬偕醫院看心臟內科門診，而主治大夫正好是和我們同一棟大廈的鄰居。

某次，我們在大廈電梯不期而遇。我正好藉機向他致謝，感謝他多年來對母親的特別關照。劉醫師很客氣地說：

「不用謝啦，那是我的工作本份。倒是你，把你母親照顧得那麼好。真的，必需要有很孝順的孩子，才能把年紀這麼大的老人家，照顧得那麼好。」

＊**「是的，不瞞你說，我確實把我母親當做寶看待，很用心地在照顧她。但，還是要感謝劉醫師的特別關照。」**

的確，照顧老人家本來就不是件容易的事。尤其，母親高齡已近百歲，絕對需要更加細心與體貼；當然，高度的耐性更是不可或缺。

＊如同前述我與劉醫師的談話，我對母親的孝心與體貼，大致可用這句話來表示：

「把母親當做寶來疼惜。」

＊試想：如果你擁有一個寶貝，你是否會很珍惜、很愛護它？沒錯，我一直把母親當成寶貝，自然就愈加想疼惜她。**尤其，她的年齡已近百歲，當然更是我的無上至寶。**

☆正視高齡母親的「老小老小」情懷

＊說實話，我很早就已把母親視為我的珍寶。因此，平常就特別留意像母親這樣高齡長者的心緒變化。

尤其，一般人常說「老小老小」，**意指人老到一定年紀後，心態上也會漸漸有「老而小」的現象；那是一種近乎於返老還童的純真情懷。**為此，母親身心靈各方面的需求，我自然都必須對她付予妥貼謹慎的關懷與照料。

☆母親喜歡的東西我如數家珍

＊就拿母親她老人家這輩子喜歡吃的東西來說，無論是水果、糕餅、海鮮、肉品，或是其他點心，**我真的是知之甚詳；而且，可以如數家珍地敘述出來**（詳見拙作《母親，情您

慢慢老》p.426-427）。

＊母親喜愛的那些食物，幾乎九成以上，都是在她中老年後，也就是我們這些子女陸續成家後，有能力對她老人家盡心行孝、「反哺報恩」時，她才開始笑納之，並欣然品嚐之。否則，以她向來勤儉持家的個性，那真是捨不得享用的。

＊坦白說，其中幾項較昂貴的食品，也是多年下來，**我刻意旁敲側擊詢問、暗中用心觀察她老人家後，歸納得出的情資和結果**。因為，每次認真問她喜愛吃什麼東西，肯定都得不到具體答案；或是徵詢她可否買給她吃，答案也一定是否定的。

☆化被動為主動孝敬母親

＊**因此，我早已養成一個習慣——直接買東西給母親吃，而不再事先徵詢她的同意。**通常，每隔一段時日，我會主動買一些她喜歡的東西來孝敬她。當然，我並不擔心該買些什麼，因為，**我完全胸有成竹，心中早已列出一份「母親之最愛食物」清單**。

＊想必你一定會佩服我，真是「有心」啊！**的確，我是真的有心，因為——**

我一直把母親當做寶來疼惜啊！

＊ 舉例來說，如果有公司同仁正好要到日本出差，行前，我會特別請託他，幫我買些柿子乾回來。日本的柿子乾是母親很喜歡的食品之一，我常會善用諸如此類的機會，買些較特殊的東西來孝敬她老人家。

其實，不用太在乎東西的貴賤好壞，而在於親情的適當傳達。

☆讓母親知道么兒永遠愛她

＊「阿堯，我年紀這麼大了，不需要多吃三餐以外的東西，以後就別再特地買東西回來給我，好嗎？」

我當下表面上順著她的意思，滿口承應說：「好，好，好，阿堯知道了，往後不會再隨意買東西了。」

＊ **但，說歸說，我還是會再買的。因為，如前所述，我買東西給她，主要用意並不在於「吃」，而是為了「承歡」於她，讓她在生活中有些不同的樂趣。**

＊ **我要讓母親知道，無論她年紀有多老，這個么兒會永遠愛她，會一直把她當做寶來疼惜。**

同時，我也要讓她真實感受到，在這個么兒的心目中，她絕對不會是一個累贅，而永遠會是一個寶。

12

您之所好曲意承歡

☆投其所好，別太多自己意見
☆母親樂山樂水愛旅遊
☆難忘與母三代同遊北歐歡樂時光
☆懊悔做得太遲
☆一個人陪老母旅行去
☆四次母與子的難忘之旅
☆不折不扣的愛心與貼心侍奉她

☆投其所好，別太多個人意見

＊要想疼惜母親這個寶，除了不定期、隨興地，買些她喜歡吃的東西孝敬之外，還能做些什麼呢？

其實不難，最簡單的一個原則便是——「投其所好」。

＊事實上，「投其所好」與「曲意承歡」是大同小異的。**重點在於，不要有太多自己的意見。**

既然要對母親盡孝，就是要讓她老人家歡喜，而只要能夠做到「投其所好」，那麼，母親自然也就會歡喜了。

☆母親樂山樂水愛旅遊

＊**母親的個性樂山樂水，無論是國內或國外的旅遊，始終是她最喜愛的活動。**我想，我之所以酷愛旅遊，多少也是從她那裡遺傳而來的吧！

然而，她老人家生性客氣、含蓄，即使心裡很期望出遊，但，始終不輕易主動表達出來。因為，她總認為，旅行是一件奢侈的活動。而之所以有這樣的想法，應該源自於她在中老年以前，早已過慣了節儉持家的生活方式。

＊遺憾的是，在家道逐漸好轉後，**作為子女的我們，並沒有早點覺察到母親的這個喜好。或者，雖已知道，但，卻沒有很積極地去為她安排這類活動**，尤其，沒有把握在她的年齡及體力還有條件遠程旅遊時多多安排。

☆難忘與母三代同遊北歐歡樂時光

＊**直到民國八十五年，母親已然八十歲了，我才驚覺，應該把握她還能夠行動自如的時候，趕緊帶她到處走走。**

雖然，以前她也有過幾次出國旅遊的經驗，但，多半是和同學、朋友，或鄰居同行，而很少有自己的至親或家人陪伴。

＊為此，在我費心安排下，也才有那次終生難忘的「北歐四國及俄羅斯之旅」。

坦白說，回想民國八十五年的七月十三日到八月一日，前後整整二十天的行程，是我這

輩子中最感快樂的時光之一。

＊這次旅遊意義非比尋常，同遊者除了我與最敬愛的母親之外，還有內人、女兒、兒子、岳母與她的兩位妹妹，總共有八口之多，**一起在歐洲之北，共享那千金難買的天倫之樂。**

＊尤感殊勝的是，母親當年已是八十高齡的長者。我除了感謝佛菩薩恩賜我這個機緣，能夠與母親同遊於這輩子她到過的最遠國度，更慶幸母親能夠一路平安、健康、快樂地走完，並享受旅遊中的每一個精彩行程。

☆懊悔做得太遲

＊**寫到此，我突然感到幾許的悔意與難過，因為，總覺得自己當時還是做得太遲了些。**如果我更有心，能夠往前推個十年，或者至少五年的話，那麼，就可以在母親的年紀與體力都更能勝任旅遊時，陪她多走幾個國家，那才算是真的對她曲意承歡呢！**畢竟——旅遊還是她老人家的最愛。**

＊所幸，在那次北歐之行後，我更加確定母親是酷愛旅遊的，而且，也確認她深具出外旅遊的條件。**因為，一路走來，她能吃、能喝、能睡，既不暈機也不暈車；而且，她的體**

力與精神更是綽綽有餘。

我既然強調「把母親當做寶來疼惜」，而且，也確知旅遊是母親她老人家的最愛，便應該積極設法投她所好。何況，母親雖然年歲已高，但，還是有能力出外旅遊的，只要小心照顧，是不會有太大問題的。

☆一個人陪老母旅行去

為此，在難忘的北歐行之後，我內心更是打定主意，**爾後，一定要儘量安排一些由我自己單獨陪伴母親出國旅遊的機會。**

＊為何要特別強調一個人單獨陪伴母親出遊呢？生活經驗告訴我，確實是有此必要的。因為，打從與妻結婚之後，就很少有和母親較長時間的獨處機會。其實，我並非說和妻及母親同行共遊，有什麼不恰當的地方。只是，三人同行確實讓我偶爾會有些不知如何妥善應對的難處。

這話其實也不太需要明說，只要稍加思索就會瞭解其中的不便。所幸，妻非常能夠體諒我的心情與立場，欣然成全了我，多次讓我擁有這樣的機會，對母親聊盡人子心意的孝行。此點，我真的衷心感謝妻的善意與體諒。

☆四次母與子的難忘之旅

＊為此，在那次全家八人同遊的北歐之行後，我有了如下四次機會，得以單獨陪伴母親再次出國旅遊。包括：

八十五歲——初遊中國上海

八十六歲——上海二度重遊

八十七歲——欣訪日本北海道

九十歲——登臨日本立山黑部

＊在這些旅程中，由於完全沒有其他熟識的人，因此，**我可以毫無牽掛地，全心全意照料母親一個人。換言之，一路上，我幾乎是扮演著她的伴遊及隨身看護。**

＊說得更具體些，我是以「把母親當做寶來疼惜」的心態去侍奉她。**坦白說，要帶著一位八十五歲以上高齡長者出國旅遊，除了需要勇氣、細心、耐性之外，更重要的是一份摯誠的「愛心」與「貼心」。**

☆不折不扣的愛心與貼心侍奉她

＊**坦白說，「把母親當做寶來疼惜」，便是一份不折不扣的「愛心」與「貼心」**。如果沒有這份摯誠的心意與心態，我敢說你絕對做不到這個孝行。

＊一路走來的行程中，我和母親同住一個旅館房間。每天清晨離開旅店前，我服侍她盥洗、更衣，並打理好所有行李。在回到旅店之後，則幫她放洗澡水、泡腳，也為她按摩、整理好床鋪，準備好並餵她每天該服用的藥品及維他命，然後，協助她盡快上床休息，以恢復體力並養足精神。

＊此外，**在白天的行程中，最該留意的是母親的「安全性」與「舒適性」**。須知，八九十歲長者的體能，與小上三四十歲的我，自然遠不能相比。因此，心態上我必須設身處地、換位思考，設想：如果我是母親這樣的年紀，一天的旅遊行程中，我可能會有什麼樣的狀況與需求？

＊因此，旅程中的每個環節，我都必須格外留心母親的一切動靜，包括情緒和體能狀態。我隨時提醒自己，絕對不能有任何閃失，我必須將母親安然無恙地帶回臺灣，還必須讓

母親玩得開心愉快，否則，將無法向眾多的兄姐們交代。所幸，在佛菩薩的保佑及加持下，讓我們得以平安順利並滿心歡愉地完成了前述的每一次國外旅遊，真是由衷感恩！

〔附記：前述與母親的五次國外之旅，我以小說文體出版了《一個人陪老母旅行——母與子的難忘之旅》（母慈子孝系列006），願與有緣的讀者們分享。〕

13

行孝及時莫遲疑

☆難忘日本立山五月天
☆我怎麼讓母親等了那麼久
☆想盡彌補方法來承歡母親
☆我陪母親走過不少地方
☆母子連心不言謝
☆全心照護您無有吝惜
☆感恩、珍惜，與把握母子善緣

☆難忘日本立山五月天

＊坦白說，我非常感謝上天對我的恩賜，在母親高齡八十五歲之後，我還能夠單獨一個人帶著她出國旅遊了四次。即便如此，我還是感到非常遺憾，總認為自己覺悟得還是不夠早，也做得不夠積極。

因為，在九十歲之後，母親的體能已是逐日逐月地衰退了，即使我有心帶她再次出國旅遊，真的，確實已不是一件容易的事了。

＊啊！往事如煙，回想那次她九十歲時，我陪著她悠遊在日本的神山──「立山」的山頂，多麼愉悅難忘。當時，老母親右手拄著拐杖，我這么兒攙扶著她老人家的左手，就這樣，我們母子倆，一步一步地緩緩走著，走在立山山頂的五月天……

啊！這畫面，何其溫馨！又何其感人！

☆我怎麼讓母親等了那麼久

＊回想那些日子裡，我曾多次祈求萬能的上天，能夠再次恩賜我那樣的福份與機緣，也渴望那些溫馨畫面的再現。

然而立山之旅後，匆匆十年已過，事實上，在母親百歲辭世之前，我都一直未能有機會，再次帶她老人家出國旅行，這也是我最大的遺憾。

＊為此，我的內心深處總是懊悔著：

「我怎麼讓母親等了那麼久？直到她老人家八十五歲之後，才開始積極地帶她出國旅遊。如果我能夠更早覺醒的話，那將能和母親留下更多、更美好的回憶！」

☆想盡彌補方法來承歡母親

＊我是個倡導「行孝當及時」的人，而且，也力行「把母親當做寶來疼惜」而不怠！為了做些彌補，即使母親的體能已經不方便出國旅遊了，但，我還是會想盡其他方式來承歡

於她老人家。

旅行對母親而言，始終是她的最愛。然而，已屆百歲高齡的母親，無論是國外或國內旅行，對她老人家而言，都已不是那麼方便了。為此，我又該如何變通呢？

＊ **母親是個喜歡到戶外走走的人，不過，她老人家一向客氣，從來不會主動向別人提出要求。**但母子連心，我很清楚她心裡頭其實是很想出去透透氣的，只是不想麻煩我罷了。因此，我經常利用每個週末休假的空閒時間，主動開車載母親（外傭瑞塔當然必須隨侍在側）到新竹縣市鄰近的郊區兜風，藉此讓母親她老人家透透氣。畢竟，整個星期她都待在家中，生活難免單調。

＊ **母親一定坐在我駕駛座的右側，**如此，她的視野會更寬廣，也才能清楚地觀賞窗外的動態景物，而有助於她視覺及腦神經的反應。**另方面，也方便我隨時向她解說車子所經各處，藉此喚起她從前經歷過的舊時景物及記憶。**

＊ 抵達目的地後，我也會視當時的地形地物，下車以輪椅推著她老人家在景區四周逛逛。**像這種陪母親外出的難得機會，我一定搶著親自為母親推輪椅，而從不藉助外傭瑞塔之手。**

＊ 甚至，如果情況允許的話，我也會讓母親下來走一小段路，藉此活絡一下她的手腳及筋

骨。**就如同以前我帶著她到國外旅遊一樣，母親右手拄著拐杖，我則攙扶著她的左手，母子二人倆，一步一步地慢慢往前走……**

☆我陪母親走過不少地方

＊想起那些日子，著實也走過不少地方，我大致羅列如下。

近處：包括住家附近、新竹市區、新竹郊區、鄰近外縣市（桃、竹、苗）的名勝古蹟。

遠處：不常去，但母親去過且印象深刻者，包括：臺北101大樓、佛光山，及佛陀紀念館。

＊**此外，為了讓母親能夠緬懷舊往、活化記憶，我不定期地以輪椅推著她，悠閒地在這座她居住了近百年一世紀的竹塹城，大街小巷地逛。**

我猶如識途老馬，在身旁為她導遊並詳細解說，試圖喚起她記憶金庫中的珍貴憶往與昔日歡樂。

我忽而帶著她造訪她的出生地，以及她童年曾經住過的舊址，忽而又前往我自己的出生地，以及一甲子前我和母親曾經住過的西大路老家，並探詢是否還有仍然住在那兒的老鄰居與舊識。

☆母子連心不言謝

＊「阿堯！我要謝謝你。今天這世上已很少人能夠像你，這麼有心地孝順我、照顧我，不僅是我的身體，還有我的心境。」

母親以慈祥的雙目投向我並向我致謝，她的眼神中充滿著悲憫、欣慰、歡愉，與感激。

＊她老人家這樣的心情與心境，我當然能夠體會與理解。畢竟，我們是少見的母子連心呢！啊！母親，您不用謝我，您老人家絕對值得我這麼用心地孝順您！

☆全心照護您無有吝惜

＊我深知，高齡近百歲的母親，她的身體機能已經逐日地在遞減中；因此，一些老年人的慢性病症，也不可避免地陸續出現。

值得慶幸的是，母親的健康狀況，其實比一般年紀的人好得很多，我也才有這樣的福分，能夠把她當做寶一樣，全心全意地盡我的能力照護她到如此高壽。

為此，我不僅虛心請教相關醫師，自己也經常上網找尋保健資料，並買些相關書籍來研究。

舉凡母親她老人家所需要的家用醫療器具、養生藥材，以及健康食品，我全都盡快地買回來孝敬她老人家，絕不吝惜。

☆感恩、珍惜，與把握母子善緣

＊**我經常這麼想，誠蒙佛菩薩的特別關照，在我已過花甲之年，依然還能夠有個近百歲的老母親，讓我親近她、孝順她、疼惜她。**

說實話，這絕對是莫大的恩賜，而我更是由衷感恩不盡。

＊**我當然也知道，除了感恩之外，更重要的是，要好好「珍惜」與「把握」這一生與母親如此難得的善緣。**

＊至於，該如何妥善珍惜與把握，一言以蔽之，即是前文多次提及的：

——「**把母親當做實來疼惜**」

謹此，與我有緣的讀者們互勉之！

輯六

珍惜與您同處時光

14 那思念您的日子

15 您不在身邊時

16 追憶您我歡樂點滴

17 珍惜與您同處時光

14

那思念您的日子

☆能常看到母親是一種幸福
☆母親在大哥家
☆母親在臺中四哥家
☆到臺中探望母親
☆思母心切的么兒
☆時光甬道中的甜蜜往事
☆難忘大飯糰與小黃瓜的溫馨

☆能常看到母親是一種幸福

*容我提出一個平凡問題：「**你能夠隨時或經常看到你的母親嗎？**」答案若是肯定的，那我要恭喜你，或許你還年輕，也或許你是屬於幸運的一群。倘若答案是否定的，那麼，我真要勸你趕緊檢討自己，要好好珍惜並善用能夠看到母親的時刻。

*或許你是一個常年在外羈旅的遊子，也或許妳是一位已嫁為人婦的女兒，……或任何其他理由，使得你無法經常看到母親。但，我想告訴你，**除非你與母親已經天人永隔無法見面了，否則，任何理由都不是理由**。

***千萬別以為自己還很年輕，也千萬別以為時間會永遠等著你。**我算是很早就省悟到這層道理的人，我不敢藏私，特藉本文來描述，當母親不在我身邊時，我對她的思念，以及渴望看到她的心境。**希望能與大家分享，並喚起大家重視「能夠常看到母親是一種幸福」一事，並快快付諸行動。**

☆母親在大哥家

* 母親是在她九十五歲那年起，才開始定居在我這兒。在此之前，母親一直是在大哥、四哥，和我三個家庭之間輪流住宿。坦白說，這對於年事已高的母親來說，其實是很不方便的。

但，善解人意及總是設身為媳婦著想的母親，她堅持必須如此。因為，她認為，兒子有這麼多個，不應該把孝養母親的責任，全讓某一家兒媳來承擔。

* 就這樣，母親每隔一段時間就會到臺中去，停留三個月左右（四哥住在臺中，我和大哥則一直定居在新竹）。

* 大哥住在田美三街，新竹市區本來就不大，車程大約十分鐘內即可到達。因此，當母親搬到大哥家住時，那種分別的疏離感並不會很大。

至少，除了經常可以電話聯繫之外，只要我想見她時，便可隨時去探望。當時，由於妻每週四晚上都有《廣論》佛學課，**因此，我會利用那個時段，下班後就直接到大哥家探望母親，陪她一起用晚餐，並閒話家常。**

*　**「阿堯，很久沒有吃紅燒豬腳了吧！來，吃一塊，很好吃的。」**

母親知道我向來喜歡吃帶皮的豬蹄膀，便事先請大哥大嫂買來煮，並佯稱是她自己很想吃。其實，我知道這是她特地為我著想的。

為了迎合她老人家的體貼，我當面大快朵頤地吃給她看。因為，我不想辜負母親的一番好意。

*　回想當年，每週六或週日，妻會和她母親及姐妹們到南部去拜拜。而假日我也很少有事要忙，**因此，便會利用這個空檔，到大哥家把母親接出來，載她到新竹市郊兜兜風、透透氣。**

*　原則上，我不會帶她到太遠的地方。總是在鄰近景點，諸如：

青草湖、南寮魚港、十七公里海岸線、十八尖山、海浦新生地、古奇峰……

竹塹市區老街（東門城、北門街、石坊街、南門街、竹蓮街……）、昔日老家（西大路、北大路、食品路舊址）、科學園區的靜心湖、金山寺、全家商店……

新埔三聖宮、竹南龍鳳宮、獅頭山獅尾藤坪山莊、五指山、寶山水庫……

*　我這麼做是必要的，因為，對母親而言，她整個星期都待在家裡，不僅行動空間有限，而且，生活內容單調。**我週末盡可能帶她到處走走，接觸外界的事物，既可幫助她保持**

頭腦的清晰，也可強化她反應的靈敏。

＊就此，即使母親不在我身邊的日子，但，只要她是住在大哥家的話，當我想念她時，隨時都可探望她人家。畢竟，時間與空間都不會造成太大的問題。

☆母親在臺中四哥家

＊**不過，每當母親到臺中四哥家住時，那便是我另一段「特別思念母親的日子」的開始。**由於空間及時間的阻隔，多少造成了一些不便，使得我無法像她在大哥家時，那麼方便地去探望。原則上，我大約兩個星期左右到臺中看她一次。這些在時間及空間上的疏隔，無形中，都加重了我對母親的思念之情。

＊**在那些無法見面的日子裡，我每天都會打電話到臺中去。**除了噓寒問暖外，我經常會問母親有什麼欠缺或需要的東西，我會在到臺中探望她時，給她帶去。答案通常是：「阿堯，我這兒什麼都不缺，你四哥及四嫂都準備得很周全。」

＊她是一個既體貼又客氣的人，即便是她真有需求，除非必要，她是不會輕易提出的。因此，問歸問，其實，我內心早已盤算好了，每次探望她時，總會為她帶些什麼東西去。

☆到臺中探望母親

＊「媽，明天早晨我會搭八點四十分的自強號到臺中看您，到達車站時大約九點四十七分左右，再轉搭計程車，估計十點半左右會抵達您那兒。晚上您早點休息，我們明天見。」

通常，我會在去臺中看她的前一天傍晚，再打一次電話提醒她。

照顧她生活起居的外傭瑞塔告訴我，每次我要到臺中看母親的前幾天，她都會很期待，而且心情也會特別好。

＊別說母親會期待這天的到來，其實，我比她更加期待呢！因為，此時才真正體會到，能夠經常看到母親，是件非常幸福的事。

☆思母心切的么兒

＊我起個大早，心情特別輕鬆愉快，因為，今天我要搭車到臺中去探望母親了。

上午八時四十分，車子準時離開月臺，正載著一位思母心切的么兒，駛向在臺中彼端的老母親，她也正殷切盼望著與愛子相見呢！

喀隆喀隆……喀隆喀隆……，火車規律的疾馳聲音，飛快地駛離新竹市區，劃破了田野的寧靜。窗外，一幕幕既熟悉又陌生的景色，像默片影帶般快速地在我的眼前掠過。

忽想起，我有多久沒有搭乘火車了？應該是在我還算年輕的時候吧？

如今，我竟然已是個年逾花甲的老者了。唉！真是歲月如梭，光陰易逝啊！

☆時光甬道中的甜蜜往事

＊當我坐定靠窗的座位（通常我會預購靠窗的車票）之後，那種倚窗觀賞車外景色的熟悉感覺，頓時湧上心頭。而且，一瞬間進入了那飛速倒流的時光甬道中……

＊想起多年前，應該是民國五十三年前後的事吧。當時，大姐夫服務警界，派駐在中南部工作，經常隔一段時間即須輪調它處。依稀記得，大姐夫輪調過的地區有：西螺、斗六、員林等地。

母親幾乎每年都會去大姐家探望，而且，大都會利用寒暑假期間，帶著年紀較小的我和四哥同去。**尤其是我，更是最常陪伴母親一起去的小跟班。**

* 那當然是件非常美好的事，對我而言，到大姐家小住，簡直就像高級度假一般。不僅吃得要比在家的好，而且換個環境，又有小外甥及外甥女一起玩，這樣的暑假，經常讓我樂不思蜀，總希望暑假永遠不要結束。

* 猶記得，到大姐家要坐滿久的火車。真的，當時母親為了省錢，只買得起每站都須停靠的慢車。

你絕對很難想像，那年代，以燃燒煤炭產生動力的蒸汽火車，以及縱向排列的「一」字式座位，會是什麼情景？當然，你也很難想像，低收入家庭的經濟條件，會是何等拮据窘困？

* 不過，慢車對我而言倒好，反正又不趕時間。火車開得愈慢，就可以坐得愈久。想當時，我坐過的火車次數，用五根手指頭來數都有得剩。而這樣的機會，又怎能不好好珍惜？

* **一向乖巧的我，靜靜坐在母親的身旁，目不轉睛地欣賞著兩側的風光。**

當時的臺灣，尚處於戰後的農村社會，鐵道兩旁的景色若與現在相比，其實變化並不很大。但，我還是比較喜歡昔日的臺灣，因為，當時多了幾分純樸與厚實之美。

＊窗外景物一幕幕地，既清新又生動地往後推移變換，我怡然陶醉其中。突然，一陣飯菜香撲鼻而來，原來是鄰座乘客正打開飯盒吃著午餐呢——他吃的是月臺流動小販兜售的「燒せ」便當，這是那個年代的日常，許多老一輩人仍印象深刻。結果，原本不太餓的我，聞到菜香後，頓時也感到飢腸轆轆起來。

☆難忘大飯糰與小黃瓜的溫馨

＊月臺販賣的便當，我們是捨不得買的——因為價錢對我家而言，仍然嫌貴。母親隨即拿出了早已準備好的飯糰及醃漬的小黃瓜，對我說：

「肚子餓了吧！來，一人一個，也該吃午餐了。」

我手捧著大飯糰，一面大口大口地吃，一面回應著母親：

「媽！好好吃的飯糰喔！」

＊小小年紀的我已經懂得，要體諒並體貼母親的心緒。

不過，說實話，那飯糰真的是很好吃。或許是我也餓了，但，更可能是難得在火車上用餐，別有一番風味在心頭吧！

＊總之，雖是簡便如斯的午餐，我們母子二人卻吃得津津有味，完全不必欣羨鄰座有肉有菜的鐵路便當。於我而言，能夠在母親身旁坐著火車同行，內心早已幸福感滿滿了。

＊這一段兒時陳年回憶，驀然在腦海中浮現，歷歷在目，好像才是昨天發生的事。而當年懵懂稚齡的我，卻已然是花甲之年的老者矣！

15 您不在身邊時～續前文

☆近鄉情怯急欲見母
☆三樓母親的熱情呼喚
☆老母與么兒的相見歡
☆母子情深，心連心
☆相會時短，離情依依
☆陽臺上母親不捨地溫情目送
☆回程火車上的思念
☆衷心感謝也珍惜無價恩典

☆近鄉情怯急欲見母

＊思緒仍駐留在時光甬道中的我，突然，聽到反向迎面而來的列車呼嘯而過。頓時，把我從往事回味中喚醒。驚覺，車座上的自己已不再是昔日那個十幾啷噹歲的少年。

我回到現實世界，身旁沒有母親的陪伴，只有一個年紀比當年母親還大的我。而火車，已不再是從前那種站站都停的普通車，而是僅停靠少數幾站的自強號列車。

＊**啊！臺中離新竹雖然不遠，而且母親到臺中也才半個月左右，但，那種思母之情，尤其是當一個人獨自坐著火車要去探望時，一種無以名狀的眷戀感覺特別濃厚。如果以遊子歸心似箭的心情來比擬的話，倒也頗為貼切。**

車子終於抵達臺中火車站，時間也才上午九時四十五分左右。我迫不及待地快步往後站走去，因為我早已研究好，若從後站搭計程車，經由臺中路再到興大路的四哥家，那是最快的途徑了。

☆三樓母親的熱情呼喚

＊約莫十來分鐘光景，就抵達四哥家的樓下。我趕忙掏錢付了車資即快速下了車。順手關上計程車門，剛要邁步，突然隱約聽到有人叫喚著我的名字，聲音從上方傳來：

「阿堯，阿堯，你到了啊！」

我抬頭往上一看，只見母親佇立在三樓的陽臺，身旁有外傭瑞塔伴著呢。母親正一邊熱情地頻頻揮手，一邊叫喚著我。我大聲回應她之後，立即搭上電梯往三樓去。據四哥說，母親早已在陽臺上等我足足半個鐘頭了，雖然她明知我的車班是不會提前到的。

☆老母與么兒的相見歡

＊「媽，半個月不見了，您好嗎？」

我趕緊迎上前去，握住她老人家的雙手，凝視著她永遠慈眉善目的容顏，親切地向她問候。這時候，老母與么兒相見甚歡，空氣中瀰漫著無限溫馨之氣息。

隨即，我把這次帶來要送給她的，以及她囑託我帶來的東西，像獻寶似地一一拿出來。

＊想起那些到臺中探望母親的日子，我曾為她帶去的東西，包括：丹麥紅豆麵包、菠蘿麵包、大蒜麵包、沙拉三明治、進口的無籽葡萄、日本柿子乾、森永牛奶糖、花壽司等，這些都是她老人家喜歡的食品。

此外，我也會帶去她特別囑託的，或是我想帶給她的日常用品，包括：佛號光碟、太陽眼鏡、黃曆、眼藥水、Nuskin綜合維他命、暖暖包、加州黑棗、Ankh安寇淨體素錠、消炎貼布、上標油等，都是她平常慣用的生活用品及保健品。

＊我把該打理的東西都先交代清楚後，母子二人便親切地閒話家常一番。沒多久，午飯時間也到了，通常，母親會希望我在四哥家陪她老人家用一餐飯。

☆母子情深，心連心

＊**我坐在母親身旁，大夥兒邊吃邊聊，母親的神情顯得相當愉悅，吃得也特別起勁。**我當然相信，由於我今天的到訪，確實讓她老人家非常開心，因為，我和她不僅母子情深，更是母子連心。

＊做主人的四哥四嫂熱情地招待我這位訪客，除了豐盛的午飯和餐後水果之外，還殷勤地燒水泡茶，兄弟倆圍在母親身旁閒話家常。尤其，我和母親之間，似乎有著聊不完的話題。

見到母親精神如此抖擻，談話興致如此高昂，突然，一股暖流從我的內心深處湧現，覺得自己此刻好幸福，好溫馨！……

只可惜，相聚的快樂時光過得特別快。似乎才聊了一會兒光景，卻已經來到傍晚時刻了。由於我預定了回程車票，因此，必須趕上傍晚五時二十二分的車班。

☆相會時短，離情依依

＊「阿堯，要不要先簡單用個晚餐再走，這樣，在車上也才不會餓到。」

母親依依不捨地對著我說。我發現，她的神情已顯現出幾許落寞。

我當然知道她老人家的內心深處，此刻正在想些什麼——肯定和我一樣，不捨相別離。

望著她慈祥的眼神，作為深愛她的么兒的我，我竟然一時不知該如何回答她才好。

「啊，你還是趕快回新竹吧！阿瑩一個人在家，快回去，免得讓她等得太久。」

母親就是如此善良又善解人意，總是為別人著想，即使內心有再大的期待，也寧可犧牲自己。而這點，也是為何我一輩子都對她如此崇敬的原因之一。

＊四哥幫我叫了一部計程車，在上車之前，我很直覺地抬頭往樓上看，果然，母親由外傭瑞塔攙扶著，倚在三樓的陽臺正往下俯瞰，一看到我抬頭仰望，便向我揮手道：

「阿堯，坐車要小心哦！回去後也要懂得照顧自己的身體，知道嗎?!」

「媽，我會好好注意自己的身體，您放心吧！趕快回到床上休息，我會盡快再來探望您的！」

☆陽臺上母親不捨地溫情目送

＊上了計程車，我搖下車窗往上看，遠遠地，依然看到母親還站在三樓的陽臺上，向我這邊凝視並頻頻揮手。

我知道，她會目送我直到不見車影後，才會放心地回她的房間去休息。

＊在月臺上候車時，我趕緊拿出手機給母親撥個電話去：

「媽，我已經在月臺上了，火車很快就會進站，您放心！自己要好好保重哦！」

「阿堯，好，再見！坐車要小心哦！」

＊啊！天下慈母心，千百萬個叮嚀。

一個已年逾花甲的老么兒，還能被一位高齡已近百歲的老母親，如此這般地呵護與疼惜。我是不是一個非常幸福快樂的現代老萊子呢？

☆回程火車上的思念

＊沒想到，火車才離開臺中不久，我已經開始想念起母親了。雖然我明知她住在四哥家是短暫的，最多也不過三個月時間，就會回來新竹繼續和我長住的。

＊此時的我，獨自坐在北上的火車上，兒時、青少年、中年，及壯年的陳年憶往，一幕幕地浮現又消失在我的腦海裡。

這一輩子，母親她之於我的諸多美好記憶，充滿著無限的慈祥、關愛，與疼惜，讓我當下心靈深處，頓時又湧現出一股溫馨的暖流。

＊我喃喃自語：

「既然我無法讓時間停留，也無法永遠抓住那些美好時光。那麼，只好把握住能擁有的當下，同時，好好地感受，並緊緊地珍惜它。」

＊我深深感觸：

「無論何人，當母親不在身邊的日子裡，肯定會讓你感到特別思念。反之，若能經常看到母親的話，那絕對是一種幸福，要懂得珍惜！」

☆衷心感謝也珍惜無價恩典

＊雖然我也有過「特別思念母親的日子」，也曾經感受到「母親不在身邊的日子」，但，整體說來，我是幸運的，因為，我是屬於「能夠常看到母親」的一群。

＊為此，我更要感謝佛菩薩，賜給我這項無價恩典，也賜給了我懂得如何去珍惜的智慧。雖然此刻，母親已經不在我身旁……

16

追憶您我歡樂點滴

☆把握與珍惜和母親相處時

☆難忘立山黑部與母同遊

☆百歲老母記憶力過人

☆母與子的大花園——竹科靜心湖畔

☆充滿回憶的全家便利商店及南方庭園

☆惜情念舊的母親

☆隨侍母側勤服務——么兒的榮幸與福氣

☆報答您慈恩，不須您回報

☆請聽我的呼籲

☆把握與珍惜和母親相處時

＊一般人常有個不好習性，那就是：對於自己已經擁有的事或物往往不懂得珍惜。不管得來容易與否，總以為擁有了就不會再失去。這種心態，錯得既冤枉又可惜。**就拿與母親的相處為例，「把握」及「珍惜」和她在一起的時刻，是讓你日後不會懊悔的不二法門**。我很早就明白這層簡單道理，因此在「把握」及「珍惜」這兩方面下了特別紮實的功夫。

＊尤其，在母親已屆百歲高齡時，我這么兒也已年逾花甲了。這得感謝佛菩薩惠賜我偌大福份，如果，我再不懂得珍惜與把握的話，那就太對不起這個福報及恩典了。

＊可不是？在我心目中，似乎永遠不會老的母親，日月流轉，時光匆匆，不知不覺竟也已屆百歲高齡了。而距上次我帶她出國，到日本立山黑部旅遊之後，也已將近十載了。啊！光陰似箭，逝者如斯，又如白駒過隙，轉眼不見一絲影兒，真是令人神傷啊！

☆難忘立山黑部與母同遊

＊ 想當年，她老人家以九十歲高齡，我陪她登臨日本的神山——立山，光是所需搭乘的交通工具，前後就有六種之多。如此經歷對母親而言，可說是一生罕見，自然也是個相當大的挑戰。

所幸，母親安然無恙地完成了這項壯舉。當時，我除了感謝佛菩薩，賜給了我報答母親的這份珍貴福份外，**同時也渴求著上天，希望日後能夠再次恩賜我如此的機緣與福份。**

＊ 然而，在立山之旅後，就未曾有機會帶她再次出國旅遊了。

是否我太貪心呢？或是，母親她老人家確實也已經老了，而不再適合做長途跋涉的國外旅行呢？畢竟，已屆百歲高齡的母親，自然已不能再像九十歲時的她了。

☆百歲老母記憶力過人

＊ 她老人家的精神一直很好，雖然，體力已大不如從前。所幸，聽力、眼力，與反應靈敏

度，都還算是不錯的。

尤其記憶力方面，真要佩服她。她不僅腦筋依然清楚，而且，記憶力過人。她常對我說：

「阿堯，最近我經常忘東忘西，過去的事情很多想不起來了，真的是老了啊！」

不過，她倒是經常告訴我，今天是誰的生日，那天又是誰的生日，她這麼多子女的生日，居然也都能夠記住，而且不會搞混，真是難得。

「阿堯，你祖母的忌辰應該是○月○日吧？」

「年紀大了，記性也愈來愈差了，你幫我查一下，是否我記錯了，該準備那天拜拜了。」

向來，我都會把這些事記在行事曆上，便於隨時查閱。**沒想到，她老人家所記的時間完全正確無誤，能不佩服她嗎？**

＊

不過，在行動方面，她真的已不再像以往那麼靈敏了。出外走動必須仰賴輪椅來輔助。所幸，如果我在左側攙扶她，讓她右手撐著拐杖的話，還能行走個二百公尺左右。若以年屆百歲高齡的長者來說，母親算是挺不錯的呢！

為了維持她的行動力，我鼓勵她每天在家以四腳助行器，來回在客廳與廚房之間走個幾趟。

☆母與子的大花園——竹科靜心湖畔

＊此外，我也經常利用假日，載她到新竹科學園區的「靜心湖」，沿著環湖步道，以輪椅推著她在湖畔散步。讓她曬曬太陽，呼吸新鮮空氣，同時，也欣賞那兒的湖光景色、林間小鳥、水中魚龜，以及樹枝間攀爬跳躍的松鼠。

＊我一面推著走，一面和坐在輪椅上的母親聊天，希望能夠藉此讓她耳目清新，調解一下她整個星期都待在家中的單調生活。此外，也希望對她的行動反應及靈敏度有所幫助。

☆充滿回憶的全家便利商店及南方庭園

＊偶爾，中午我們也會在湖畔「全家便利商店」簡便用餐。母親最喜歡點的是海鮮粥及茶葉蛋。她的食量不大，但，胃口還是挺不錯的。飯後，我還會買個她最喜愛的紅豆麵包或布丁給她當甜點，藉此換換口味。即便是個簡單的午餐，她老人家倒也樂在其中。

*「**阿堯，每次出來，都讓你花時間還要破費，謝謝你啊！**」

經常她都會如此對我說，而且還是很認真地說。**啊！母親就是如此有修養，連自己兒子都還要如此客氣，無怪乎她的人緣會是那麼地好。**

*值得一提的是，靜心湖畔有個「南方庭園」，通常每天下午三時至五時之間，總會有一些鄰近社區老人，由外傭推著輪椅群聚於此，或曬曬太陽或彼此聊聊天。

有趣的是，這些高齡長輩，年輕者至少八十幾歲，年長者九十幾歲的就有好幾位，而其中又以女性居多。

某次，我們去的時間正好和她們相遇。在一陣寒暄及相互介紹之後，大家竟然都成了好朋友。由於她們多數住在園區附近，因此幾乎是天天來的常客。**而我和母親則是一個月去個兩次左右，因此，久不見面，大家居然還很想念母親呢！**

***母親如此受到歡迎，我並不訝異，因為，她老人家不僅氣質高雅，而且彬彬有禮。**相信嗎？母親還是在座所有老人家中，年歲最長的一位，可說是德高望重呢！

我很快覺察到，母親也滿喜歡和她們在一起的。我想，這或許是因為她們都同屬年長的一輩吧！也或許是大家的磁場相合吧！

☆惜情念舊的母親

＊「阿堯，好久沒有看到湖畔的那些老伴，能不能載我去看看她們？」

啊！母親就是如此念舊又惜情的人，無怪乎她走到哪兒都會受到大家的歡迎。說她是一位人氣王，真的一點也不為過。

「沒問題，我們馬上繞過去看看她們，反正時間還早，天氣也挺不錯的。」

我二話不說，把車子往科學園區靜心湖方向開去。

「謝謝你呀！阿堯。」

母親還是如此地客氣與多禮，不過，我早已習慣她的優雅個性了。

☆隨侍母側勤服務——么兒的榮幸與福氣

＊我真的很幸運，母親已居百歲高齡，而我這老兒子也已逾花甲之年了，還能隨侍身旁為她服務，這不僅是我的榮幸，更是我的福報。

＊因此，我除了感謝佛菩薩的恩賜外，更隨時叮嚀自己：

——要緊緊抓住這還能和母親親近相處的寶貴時刻。

——真的，要正視母親的高齡，非僅要「珍惜」，更要確實「把握」。

＊所幸，我早已悟透這層道理，而且隨時隨地都提醒自己要起而行之。尤其在母親晚年，我的感悟更深，也更懂得珍惜與把握，絕不能讓自己將來有所遺憾！

☆報答您慈恩，不須您回報

＊**「阿堯，你對我這麼孝順，真不知道我下輩子要如何回報你呢？」**

她三番兩次，若有所思地對我說類似的話，而且，神情非常認真。

＊「媽，**您千萬不要有這樣的想法與負擔。我是心甘情願地想這麼做，只希望能夠報答您的慈恩，不需要您的任何回報。**」

「更何況，無論是儒、釋、道三家，不都是強調『百善孝為先』，而鼓勵為人子女者都應該盡孝嗎？**因此，請您寬心地接受吧！**」

☆請聽我的呼籲

＊於此，我也要向有緣的讀者們發出呼籲，無論你年紀多大，如果此刻你還有母親可以盡孝的話，那麼，請你：

——**要抓緊時間，好好珍惜和母親相處的時刻。**

＊**因為，時間不等人；而且，它無常，也毫不留情。**

別以為你還年輕，或你的母親還不算太老。要認真去體認，如同我曾說過的，**時間它會像沙漏一樣，在你的眼前不知不覺地漏光，然後，天人永隔，再見無望……**

真的，千萬別讓自己將來後悔！

17

珍惜與您同處時光

☆如果有那麼一天……
☆陪母親共進晚餐
☆在意它、正視它便是一種福氣
☆為母親按摩盡孝意
☆難忘兒時母親於我的溫馨體貼
☆這母愛如海水不可斗量
☆銘記在心，時刻提醒自己
☆願天下為人子女者皆能及早盡孝

☆如果有那麼一天……

＊曾經有一位朋友寄來一篇大陸網路流傳的文章〈如果有那麼一天〉，我上網查看作者，但，始終沒能找到。不過，該文有許多觀點，倒是與本文主題甚為契合。因此，略述幾點精要，以為呼應。

＊「如果有一天，生你養你的兩個人都走了，這世間唯一與你有著最親密血緣關係的人，就都不在了。」

「人在世的時候，要對父母好一點，別讓父母總是為你們操心，父母不需要你掙多少錢，但他們很需要子女的陪伴……」

「父母對子女的愛是很單純的，……父母是最真最真的人，父母是唯一不會拋棄子女的人，任何人都會拋棄你，但父母不會！……父母對子女的情感大過天啊！」

「如果有一天，生你養你的兩個人真的走了，是真的不在了，他們再也不會說話了，再也不會喊你們的名字了，再也不會睜開眼睛了，再也不會和你一起吃飯了……」

「人在世的時候，要對父母好一點……」

＊這篇文章極其淺顯，內涵卻是非常感人，絕對值得為人子女者，逐字逐句地去細細品味。相信，你一定會有相當程度的觸動，並產生不少正面啟示。所摘述的這些精要，呼應了我的心聲；說實話，許多細節我也都有認真地去做。如果要一言以蔽之，那麼，仍然是那一句話：

「**好好珍惜和母親相處的時刻。**」

☆陪母親共進晚餐

＊真的，如果聽了那麼多，卻仍然沒有把「好好珍惜和母親相處的時刻」當做一回事，那麼，這樣的人，有一天終究是會後悔與遺憾的。

＊**我當然不想空留遺憾徒傷悲，所以，當母親在世時，我總是盡可能把握住能與母親在一起的任何時刻。**除了前幾篇文章所談的事例外，我也會在日常作息中，刻意促成能夠和

母親在一起的時刻。

至於時間的長短，其實並非重點，而在於和母親互動的實質意義。

＊

就拿晚餐為例，**我是個每天回家吃晚餐的上班族。通常，都會儘量在晚上六點以前抵達**家門。因為，母親她老人家很期待家人在各自忙碌一整天後，能夠一起共進晚餐。**我總是坐在她身旁與她共餐，同時也陪著她觀賞她喜愛的連續劇（猶記得當年的《阿信》日劇正在重播）。用餐之間，時而和她討論電視劇情，時而也與她天南地北地聊天。**

☆在意它、正視它便是一種福氣

＊

雖然，不過是共進一頓晚餐，但我非常珍惜，因為那是每天我真正能夠依偎母親身旁，近距離與她老人家相處的時刻。

或許也只是一件平常事，但，你若真的在意它、正視它，便是一種福氣。

＊

你呢？你能夠每天和你母親共進晚餐嗎？答案若是肯定的，那麼，恭喜你，你是幸運的。

想想，這世界上有多少人，是無法每天和母親共進晚餐的？

☆為母親按摩盡孝意

＊此外，每天我也會儘量找出空檔來為母親按摩。頭部是最常按的，包括耳朵及眼睛部位附近的穴道以及百會穴、太陽穴等。

由於母親行動力已不像以往那麼敏捷，如果能經常為她按摩這些穴道，會有助於氣血的流暢，以及意識的清晰。

再者，我也會針對她的肩、頸，及手腳四肢做局部按摩，這對於走動較少的她，也很有幫助。

＊其實，能夠經常為母親按摩，當然有益於她身體的保健。但，更具意義的是，讓她老人家能夠直接感受到，這么兒對她的溫馨關懷。

此外，於我而言，也增加了不少與她相處的珍貴時刻。

☆難忘兒時母親於我的溫馨體貼

＊至今，我經常還會憶起童年時，每在睡前，母親總會為我搔背抓癢，直到我入睡後才停止。更難以忘懷在酷熱夏季時，由於家裡窮到一臺電扇都沒有，母親便以紙扇體貼地為我搧涼，深怕我因熱而難以入眠。

想起往昔這些溫馨點滴的背後，蘊含著她多少舐犢母愛，而這也注定了這一生我對她深濃的孺慕之情，以及要對她如此盡孝的善因善緣。

＊甚而，依稀記得兒時，母親經常會讓我把頭依枕在她的腿上，然後，用她的小髮夾權充挖耳棒，小心翼翼地幫我把耳垢掏出來。**說實話，那真是舒服極了，好幾次竟然不知不覺地在母親的懷裡睡著了。**

☆這母愛如海水不可斗量

＊**啊！母親她老人家在我兒時，曾經為我所做數不勝數的體貼事兒，諸多疼惜寶貝我的溫**

馨時刻，我從未忘記；而且，它們總是歷歷如昨。

啊！這些記憶甬道中浮現的片片陳年憶往，真令人倍覺幸福又感傷。真恨不得時光能夠倒流，讓我回到童年當時，重溫孺慕之情的珍貴歡愉。

啊！母親這一生為我付出的，何其多？尤其，即使隨著年華老去，她對我濃郁而永不止息的愛，又何曾減少？

＊ 不禁自問：

「這一生我為母親所盡微不足道的孝行，又豈能回報她於萬一呢？」

＊ 說實話，母親這一生對我的愛與付出，從她懷胎十月就已開始；即便在我花甲之年，她對我的愛仍一如往昔，甚至，有增無減。

啊！這母愛之偉大，真猶如海水之不可斗量啊！

☆銘記在心，時刻提醒自己

＊ 總之，「好好珍惜和母親相處的時刻」，是為人子女者應該隨時隨地銘記在心，而且，要刻不容緩極力去做的急務。

＊即便是我已竭盡心力侍奉她老人家，不敢稍有懈怠，但，總覺得這一生為母親所做的還是太少。尤其，後悔自己何以沒有更早覺醒，否則，我就能有更多時間、更多心力，對她老人家做出更多的回報。

＊話雖如此，我還是非常感恩佛菩薩的加持，讓我覺知得不致太晚：想要避免「樹欲靜而風不止，子欲養而親不待」的遺憾，就必須確實做到「及時行孝」。

＊為此，每天清晨只要眼睛一張開，我總不忘對自己說：「要好好珍惜和母親相處的時刻。」

☆願天下為人子女者皆能及早盡孝

＊如今，母親不在我身旁，匆匆已過五年。說實話，至今我依然難捨她老人家的辭世，而唯能令我稍感慰藉的是，至少，我確實盡力做到了前述為人子女者所應盡的孝道。

＊ 這樣的經驗與感悟，我抱著一顆願天下所有為人子女者都能夠善盡其孝順父母的心，不敢藏私，希望藉此與我有緣的讀者們一起分享！

輯七

永遠記得您

18 緬懷您的好方法
19 永遠記得您
20 我心深處有您
21 睹物思您陳年憶往

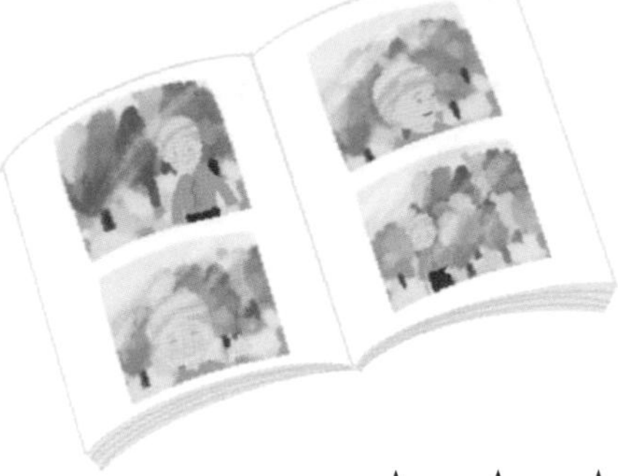

18 緬懷您的好方法

☆銘記母親永存心中

☆具體方法的借鏡與範例

☆我有心，也很早就在做

☆以母親為名常捐功德——緬懷母親的好方法之一

☆難忘母親的言教與身教

☆經常帶母親出遊——緬懷母親的好方法之二

☆投入具體行動，創造明天記憶

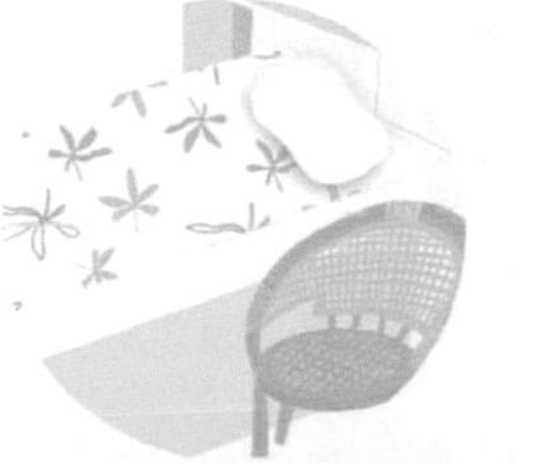

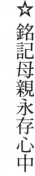

☆銘記母親永存心中

＊曾經上網買了一本《明天的記憶——永遠記得爸媽的25種方法》，書中強調的幾個觀念，我覺得滿值得參考的，特摘述幾則如下：

＊——「人生最大的痛苦，是被兒女遺忘。」

——「人生最大的悲哀，是消失了記憶。」

——「當我們老了、殘了、廢了，誰能永遠相伴？只有記憶！」

——「記憶是世界上最寶貴的資產。」

——「凡走過必有痕跡，只要做了，『記憶』都永留心中，『記憶物』也將永留身旁。」

☆具體方法的借鏡與範例

＊這些觀念都講進了我心深處，尤其，為了永遠記得爸媽，書中更是建議了多種方法，用

具體行動去創造記憶，以免將來造成遺憾。

＊下列十五則是書中非常值得參考的範例：

「為父母寫本傳記」、「為父母製作像片冊」、「為父母繪幅畫像」、「帶父母每年出遊」、「為父母成立基金會」、「以父母為建築命名」、「以父母為封面出書」、「以父母為名常捐功德」、「為父母設立紀念館」、「保有父母的舊房間」、「永遠戴著父母的手錶」、「永遠掛著父母的項鍊」、「為父母拍懷舊電影」、「以父母為行星命名」、「為父母重新修祠堂」等。

＊其實，真能那麼做，最大受益者還是自己。因為，**父母會逝去，但「記憶」卻是能與自己一生相伴的寶貝**。這些看法與做法，我都予以高度的認同與肯定。

☆我有心，也很早就在做

＊同時，我也感到非常欣慰，因為，**在尚未看到此書前，多年來我早已是這麼在做了，真是英雄所見略同**。不過，說實話，有些項目要做到也不是件容易之事。

＊**從小，母親在我心中的地位就無比崇高，她不僅是我的上師與明燈，更是我永遠的偶**

像。我們這一生的長年相處，在在顯示出罕見的母子情深與孺慕情濃。

＊回想那些年來，在不知不覺間，我竟然已做了不少這方面相關的具體行動。如果略加比對前述十五種參考範例中，我居然已經做了八種之多。

＊坦白說，若非有心，其實任何一項都不是件容易的事。而我卻有幸能獲得這麼多成果，內心真是感到欣慰。

＊於此，不忍藏私，特依時間順序略加描述，與讀者們一起分享。

多年來，我陸續完成的八種緬懷母親的具體事蹟包括：

——以母親為名常捐功德

——經常帶母親出遊

——為母親製作專屬相冊

——為母親寫本傳記

——以母親為封面出書

——為母親繪幅畫像

——與母親共同創立基金會

——保有母親的舊房間及器物

＊為便於讀者們閱讀與參考，將於本篇及後續三篇文章中，分別加以描述。

☆以母親為名常捐功德——緬懷母親的好方法之一

＊**母親雖然出身貧寒，但她生性待人大度隨和，且慷慨樂善好施。**尤其，在褚家家道逐漸好轉之後，她更是急公好義、勤於助人。

＊每當親朋好友發生了困難，只要向她開口尋求奧援，除非她力所不能及，否則她一定盡力做到。甚至，即使是不認識的人，只要知道了，她也會主動協助。例如：國內外發生了地震、饑荒、水災，或風災等，或個人不幸的遭遇，雖然她能力其實有限，但，也總會盡力去協助。

＊**令我敬佩的是，政府每個月發的「敬老津貼」與「安老津貼」，雖然匯入了她的戶頭，但，她卻不曾因為自己個人之需要而去動用這些款項。因為，她總是要我幫她全數領出，甚而，加上她平時省吃儉用的積蓄，一併定期分別捐贈給：**「慈濟慈善事業基金會」、「創世社會福利基金會」、「基督教門諾基金會」，及「天主教會新竹教區附設德蘭兒童中心」等慈善機構。

長期受到她的德風感召，每次只要她做了如上捐獻，我自己也會配合她捐出適當金額，與她老人家共襄盛舉。

☆難忘母親的言教與身教

＊她一生示現給我的言教與身教，就在生命與生活的日常當中。**能有這樣的母親，我真是以她為榮。**

＊值得一提的是，**照顧母親前後將近十載的外傭瑞塔，更是把母親當做恩人看待。**瑞塔是一位滿可憐的女人，她來臺工作的多年期間，先後歷經了父親、先生，以及母親的陸續辭世，而膝下尚有兩位女兒需要她獨力撫養。**母親幾乎把瑞塔當做自己親生孫女看待**，對她除了正規薪資支付外，逢年過節也額外給她不少獎金。尤其，遇到家有急需時，更是經常伸出援手接濟她的家庭。更令人敬佩的是，瑞塔的大女兒在菲律賓上大學後，母親更是每學期補助瑞塔兩個女兒的註冊費，以及每個月額外的生活補助費。

＊誠然，**母親的前述諸多善行，以及具體的諸多德風義行，在我心坎深處留下了永遠的景**

仰、記憶與懷念。

＊ 至今，母親雖然辭世往生已經五年，我依然一如往昔以我及她老人家的名義，持續不斷地進行如上所述慈善機構的捐贈，以及對有需要幫助的人伸出援手。我想，這應該是母親教導我最成功的事項之一，也是我真正能夠永遠報答母親恩情的方式之一。

☆經常帶母親出遊——緬懷母親的好方法之二

＊ 母親在世時，我就經常帶著她到國內外旅遊，因此，得以為我留下了這一生中彌足珍貴的快樂時光與美好回憶。

那些出遊的機會中，國內之次數較為頻繁自不在話下。而國外一起同遊的次數，也是不少。尤其，回想母親八十歲至九十歲之間，我曾帶她老人家到過「北歐四國及俄羅斯」、「兩次中國上海行」、「日本北海道」，與「日本立山黑部」等地旅遊（詳如本書第12篇〈您之所好曲意承歡〉文中所述）。

＊ 這些與母親同遊的陳年往事，在我的記憶金庫裡，都會永遠留存而終不消失。於我而

言，它們絕對是珍貴難得的無價之寶。

☆投入具體行動，創造明天記憶

＊坦白說，那些年在這方面的投入與付出，我是非常用心的。

首先，每次與母同遊，行程中相關的重要活動、精彩畫面，或深具意義的情景，我都會以數位相機或攝影機拍攝下來。因此在電腦中，我儲存了不少母親專屬的照片及攝影檔案，並將它們按照時間、地點，及主題而加以分類。

此外，我也保存了不少昔時母親的傳統照片，雖然很多相片早已泛黃，但，它們都是彌足珍貴的。

＊值得一提的是，**我也保留了當年和母親同遊的旅遊行程表**。因為，它也是日後能夠幫助我喚起陳年憶往的寶貴資訊。

總之，不論是傳統相簿、電子照片檔，或是旅遊行程表等任何有助於追回記憶的媒介物，當然都是值得保留的。

但，別忘了更重要的事——要經常帶母親出遊。

＊請記住，如果沒有投入具體的行動，你又如何能夠創造明天的記憶呢？

19

永遠記得您

☆為母親製作專屬相冊——緬懷母親的好方法之三

☆為母親寫本傳記——緬懷母親的好方法之四

☆《話我九五老母》首發問世

☆親朋好友及讀者們的肯定與鼓勵續作

☆「母愛」及「愛母」為宗旨與精神的前三本專書

☆第四本書、第五本書、第六本書陸續問世

☆獻給我一生的導師及永遠的慈母

☆永不消失也永不遺忘的記憶

☆為母親製作專屬相冊——緬懷母親的好方法之三

＊如前所述，過去和母親同行的**國內外旅遊，每次我都會刻意為她老人家拍攝留影，以便留下更多珍貴的紀錄，作為日後緬懷及追憶的憑藉**。

這些難能可貴的影像中，有傳統的沖洗相片，也有數位的電子相片。傳統照片部分，我通常會為母親整理成相冊，以方便母親想看的時候翻閱。甚至，我也把一些精彩或有意義的舊相片翻拍成數位版，方便於日後的永久保存。

＊記得當年在整理相片時，我特地將母親的一些照片，放進「iPad」的「照片夾」裡，並建立了一個母親專屬的照片檔，它可說是一個「電子版相簿」。

＊同時，**我也教會了母親如何使用「iPad」來看自己的照片**。雖是幾個簡單動作，但，對當年已近百歲高齡的母親來說，也不是件容易的事。

「阿堯，你看！我會自己操作了。現在的科技真了不起，這些照片比傳統相簿的畫面更大、更清晰，也更有質感，謝謝你教會我使用這個東西！」

說完，她又逕自輕鬆地滑動著「iPad」螢幕上的照片，一副自得其樂的神情。別說她老人家很有成就感，就是我，也與有榮焉。

☆為母親寫本傳記——緬懷母親的好方法之四

＊母親晚年時，我經常自省：

已過花甲之年的我，依然還能有著一位近百歲老母親來孝順，這絕對是這一生中我最難得與最大的福報。

我當然要認真把握與珍惜這個福報，同時，也一直在想，要好好為母親寫下一本她的傳記。我期許這本傳記，除了可作為我們楮家後代子孫的典範外，也可供做當前社會發揚孝道的範例。

其實，尤為重要的是，**若能為母親寫本傳記，也是為我自己創造了明天的記憶，讓我能夠永遠記得我最敬愛的老母親的種種事蹟。**

☆《話我九五老母》首發問世

＊源於這樣的因緣與初衷，**我為母親撰寫的第一本傳記《話我九五老母——花甲么兒永遠的母親》（序號：母慈子孝001）**，就在二〇一二年的母親節前夕完稿，並於當年八月正式問世。

＊看過拙作的親朋好友以及不少讀者們，給了我相當肯定的回應；非僅對於書中的老母親深為敬佩，更感動於我與母親之間濃郁的母子情深與孺慕之情。

＊尤其，更佩服我資料蒐集之用心與豐富，真的，那確實不是件容易的事。**我在想，如果我能更早十年就構思為母親寫本傳記的話，那麼書中的內容肯定會更加豐富也更具價值。**

＊此外，大家也對於我能在書中蒐集及編列不少母親的照片，甚表激賞！此點，真的難度很高，幾乎蒐羅了母親自結婚後，以至晚年來的各種相片。不諱言地說，若非高度的有心與用心，確實是很少人能夠做得到。

＊坦白說，**順利完成母親這本傳記之後，內心更是深深以擁有如此一位偉大母親為榮。因為，若不是有這麼一位令我深愛、敬佩，及景仰的母親，我是不可能寫出這本書的。**

☆親朋好友及讀者們的肯定與鼓勵續作

＊由於這本傳記深獲親朋好友及不少讀者們的肯定，因此，有不少人希望我能夠繼續為母親多寫幾本這類的書。

他們一致認為這樣的題材與內容，能為今天世風日下的社會注入一股清流，而作為發揚孝道與親情的優良讀物。

＊受到如此多人的肯定與鼓勵，一股沛然莫能御之的動力在背後持續激勵著我，竟然在短短的三年半左右，我又為母親寫了下列兩本專書：

《母親，慢慢來，我會等您》（序號：母慈子孝002）

《母親，請您慢慢老》（序號：母慈子孝003）

我不知道，這世上有多少人曾為他的母親，寫過一篇文章？或寫過一本書？甚至，連續寫了三本專書？我不敢說絕無僅有，但，應該是不多見吧！

＊說實話，我自己也很訝異！是什麼動機引發了我如此大的動力，能夠一口氣為母親寫了三本書呢？

靜下心來想想，原因其實也很單純：

其一，我認為這全然是佛菩薩的旨意。

其二，**母親在我心中地位之崇高以及份量之重要，是無人可以取代的。**

☆「母愛」及「愛母」為宗旨與精神的前三本專書

＊具體說來，這三本書的宗旨與精神，全然以「母愛」及「愛母」為主軸；字裡行間鋪設著從小到大，我這高齡百歲老母親與么兒之間，那種發乎至情的「舐犢情濃」與「孺慕情深」。如果你仔細品讀，相信定會深深感受到那母子情深的無限溫馨。

＊書中，我重點整理了多年來，我和母親近距離相處的生活點滴摘述。它們或很平凡甚或稀鬆平常，**但，每個點滴對我而言，都是極其珍貴、難以忘懷的。尤其，在母親已居百歲高齡，我更希望珍惜能夠在一起的每一刻時光，和母親創造更多美好的生活回憶。**

＊**為此，內心總是祈願：母親！可否請您慢慢老？因為——**

母親！和您在一起的點點滴滴，永遠令我懷念不已！

＊真的，非常感激諸多親朋好友、長輩，以及不認識讀者們的長期支持與敦促，因為，如

果沒有他們的支持，前述三本冷門的書籍是不可能問世的。

尤其在那之後，更有熱心的好友及讀者，建議我能將這三本坊間少有的孝行專書，重新改寫並彙整成單冊精華本。他們認為，如此會更有助於讀物的流通以及孝道之推廣。

☆第四本書、第五本書、第六本書陸續問世

非常感激他們睿智的建議，隨即，我為這件非常有意義的任務全力以赴。

＊緣此，第四本為母親而寫的專書《**慈母心・赤子情——念我百歲慈母**》（**序號：母慈子孝**004），就在這樣的機緣下問世了。

＊甚至，第五本書《**詩念母親——永不止息**》（**序號：母慈子孝**005）以及第六本書《**一個人陪老母旅行——母與子的難忘之旅**》（**序號：母慈子孝**006）也都在如是殊勝因緣下，逐年陸續出版問世。

☆獻給我一生的導師及永遠的慈母

＊**這些書謹呈獻給：我一生的導師以及永遠的慈母——褚林貴女士（母親雖已於一百歲辭世，但，她的法身卻與我常在）。除了作為她辭世後每一年誕辰的獻禮之外，並感謝她老人家，對我一輩子無始無邊以及無怨無悔地生我、鞠我、長我、育我、顧我、渡我……**

☆永不消失也永不遺忘的記憶

＊陸續完成了這些為母親而寫的六本專書之後，我真誠地感恩佛菩薩，祂們賜給我寶貴的機緣與能力，來為母親完成了這些彌足珍貴的紀實與紀事。

＊最為可貴的是，我以具體的行動創造了未來的記憶，因為——**透過這六本專書的撰寫與發行，母親已經深刻地留在我心深處，而永遠不會消失，也不會遺忘。**

20

我心深處有您

☆以母親為封面出書——緬懷母親的好方法之五

☆陸續三本專書皆以母親為封面主題

☆為母親繪幅畫像——緬懷母親的好方法之六

☆母親是無師自通的素人畫家

☆畫家朋友為我代繪慈母畫像

☆為母親成立基金會——緬懷母親的好方法之七

☆基金會和母親永遠與我同在

☆以母親為封面出書——緬懷母親的好方法之五

＊回想當年，在完成**第一本孝母親專書《話我九五老母——花甲么兒永遠的母親》**書稿後，隨即思考封面設計之問題。在幾經和編輯討論後，他們建議以母親相片作為封面主題。而當責任編輯把樣稿寄給我看時，當下我即非常滿意。於是，封面主題就此定稿（所提供的照片，是我們母子倆在日本立山黑部旅行時，母親攝於武家屋敷附近民宅前）。

＊**母親作為封面主題的這張照片，對我意義非凡。因為，那是最後一次我單獨陪伴她到國外旅遊時所拍的相片，因此極為珍貴。**

＊事發在二〇〇六年的五月天，母親節前夕。當年母親正值九十高齡，我獨自一人帶著她，隨著旅行團登臨了日本的「立山黑部」。細節此處我不多做詳述，就直接跳到旅程的最後一站吧！當團員們開始依依不捨地互相拍照留念時，我和母親頓時成了最受歡迎的合照對象。**不，應該說母親才是人氣最旺的主角，而我只是附帶的配角而已。**

＊並非我刻意誇讚母親，**真的，母親天生就是一個人氣王，她深具教養的待人舉止，以及散發出來的高雅氣質，很快就被周遭人所欣賞及景仰。**

＊該書出版後，就有不少親朋好友回應我，相當肯定我以母親這張照片作為書的封面，因為，它呼應了書中我對她老人家所描述的高雅氣質。

以母親為封面出書真是難得的機緣，尤其，對我更是深具意義。因為，讓我得以具體行動對母親創造更美好及更深刻的記憶。

☆陸續三本專書皆以母親為封面主題

＊源自這創意，後來我陸續為母親撰寫的三本專書（母慈子孝002～004），也都是以母親為封面主題。

＊這些封面主題設計，容我略述如下：

（母慈子孝002）《母親，慢慢來，我會等您》——我和母親在日本輪島市「白米千枚田」旅遊時的珍貴合照。

（母慈子孝003）《母親，請您慢慢老》——母親雙手懷抱著剛滿月的內曾孫（亦即是我的孫子）的慈祥溫馨合照。

（母慈子孝004）《慈母心・赤子情》——我和母親在獅頭山獅尾附近的山莊後院欣賞油桐花盛開的留影。

這些影像與情景，對我而言都是無比珍貴的回憶。

☆為母親繪幅畫像——緬懷母親的好方法之六

＊如果我的繪畫能力很好的話，我肯定會為母親繪一幅畫像。相信那幅畫像，一定會富饒濃郁的母子情深，以及我對她老人家的孺慕之情。而這樣的畫像，必然也會為我留下深刻無比的記憶。

只可惜，我的臨摹能力或許尚可，但，真要為母親繪一幅畫像的功力，那可就明顯不足了。雖然，我也曾經嘗試過，但，終究還是作罷。

☆母親是無師自通的素人畫家

＊**倒是母親，她頗具繪畫天賦**。約莫在一九九四年初，也就是她七十八歲左右，對繪畫突然起了很大興趣。**當年，她以簡略的畫筆，無師自通地畫了將近十年之久**；直到眼睛漸感吃力，她才停止作畫。

相信嗎？她的畫作竟然有百幅之多。據我瞭解，有些作品因為她自己不滿意而丟棄了，頗為可惜！

還好，我保存了將近五十幅左右。後來，經她親自挑選了幾幅較為滿意的作品，我特地將它們裱框起來，並布置在她的房間以及家中餐廳的牆壁上。

＊雖然，我沒有能力親自為母親繪幅畫像，但，還是替她做了一件頗具意義的事。**我特別從她的畫作中，挑選了二十五幅代表作，以相機加以翻拍並編列於我為她寫的第一本傳記中，藉以聊表我對她的敬意**〔《話我九五老母——花甲么兒永遠的母親》第300-302頁（母慈子孝-001）〕。

☆畫家朋友為我代繪慈母畫像

＊值得一提的是，佛菩薩再次送給了我一個禮物。在一個機緣下，一位深具潛力的業餘畫家朋友，替我為母親素描了一幅珍貴的畫像。**此畫雖非出自我親繪，卻是出自我孝心，因此，也彌補了我無法親自為母親畫一幅像的遺憾。**

＊這幅畫作完成於二〇一三年一月十八日，畫中的母親非常逼真傳神，不僅神情雍容、慈祥，且氣質聰慧、靈敏；而這些神韻，我的朋友都完全捕捉到了。感謝他的熱心與才情，幫我完成了為母親繪一幅畫像的心願，若沒有他，這個心願是難以達成的。

☆為母親成立基金會——緬懷母親的好方法之七

＊就在二〇一二年的年初（母親正值九十六歲），我和母親各自捐贈了新臺幣一百萬元，共同發起成立了「財團法人緒林貴教育基金會」。這筆錢我原本要全額獨自承擔，而不讓母親把她辛苦一輩子省吃儉用的積蓄捐出來。

但，在她極力堅持下，我也只好順從她的美意了。

＊當年，她曾執意不能以她的名義作為基金會之名，也婉拒由她擔任基金會董事長之職。我費了好大的心力才說服了她，強調為何要如此做，其實是有著非常重大意義的，最後，她才好不容易答應了下來。

就此，基金會於二〇一二年一月十八日正式成立，**母親榮膺「創會暨第一任董事長」，我則義不容辭地擔任她的執行長。自此，基金會積極展開了多年來母子倆一直企盼得以回饋社會的宏願。**

☆基金會和母親永遠與我同在

＊成立這個基金會的宗旨，主要是秉持著母親慈悲為懷、樂善好施的精神，除了主動「贊助家庭清寒學子努力向學」之外，並以提升「家庭教育」與「社會教育」之品質及水準，作為本基金會今後發展的三大主軸及任務。此外，並以「弘揚孝道」作為重要志業。

＊**母親和我期望能夠透過本基金會的執行，以實際行動為社會略盡綿薄之力。**當然，更希望能夠藉此拋磚引玉，呼籲社會上更多的人士及機構來共襄盛舉，一起投入回饋社會的

行列。

＊說實話，「為母親成立基金會」此舉對我真是意義非凡。**母親是「創會暨第一任董事長」，我則是第一任執行長，我們母子倆不僅共同發起與成立，而且出錢也出力。**

＊如今，基金會的運行已經邁入了第十個年頭，能夠用這樣的具體行動去創造緬懷母親的記憶，的確，**只要這個基金會能夠運作健全的話，那麼，珍貴的記憶也將永遠不會消失。**

21

睹物思您陳年憶往

保有母親的舊房間及器物——緬懷母親的好方法之八

☆她的衣物及鞋類

☆她的床鋪及床具

☆她的常用器物

☆傳家的古玉手鐲

☆溫馨滿溢的老鋼琴

☆相片及相關的書畫、日曆

☆她每日禮佛的小佛龕

☆母親永遠留在我心深處

☆保有母親的舊房間及器物──緬懷母親的好方法之八

＊母親於百歲高齡辭世，匆匆已過五個年頭。**至今，她老人家的房間我依然維持著原貌，絲毫未曾予以變動，**並且經常加以整理，以保持母親向來所喜歡的整齊與潔淨。**這麼做，只有一個原因：我實在是很想念母親，想念她老人家在世時，和我朝夕相處的一切……一切……**

＊**因此，母親曾經使用過的器物，我盡可能地保存著。**包括：

☆她的衣物及鞋類

＊這些衣物包括不同季節的服裝，雖都不名貴，但卻是她喜歡的款式與顏色。我都捨不得丟棄，**甚至冬天時，我還將母親常穿的幾件尺寸較大的外套或背心，特地拿出來穿。每次穿上它們，一股溫馨暖流就油然而生，頓時，窩心無比、寒意盡失，真所謂母子連心啊！**

＊此外，她使用過的皮鞋、涼鞋、球鞋、拖鞋，以及我送她卻捨不得常穿的新鞋，至今仍然保存著，並放在鞋櫃中她的專用位置。其中，有幾雙尺寸較大的拖鞋，我還經常拿出來穿，藉此緬懷她難忘的身影。

＊值得一提的是，她那雙我曾經帶著她旅遊七個國家的New Balance球鞋，最後雖已破損而不再能穿，但，我依然保存著它。不為什麼，只為了睹物思母。

☆她的床鋪及床具

＊這是我最熟悉的景物，因為，母親在世時，每天早晚我都會到她的床邊請安。睡前幫她點幾滴人工淚液、戴上紙口罩（怕她睡著後張口而喉乾），並為她放「南無阿彌陀佛」的佛號錄音帶（護佑她並伴她入睡）。然後，為她蓋好棉被（冬天時更須如此），並道個晚安再回我的房間去。

＊母親辭世後，我極為思念她。為此，她在世時的床鋪我依然維持原貌，包括：床墊、床單、棉被、毛毯、枕頭及枕巾、墊腳枕，以及床鋪旁的三層置物櫃等。房間的一切擺設，就如同她仍在世時一樣。而且，一如往昔，每天早晚甚至想念她時，

我都會進入她的房間，向置放在床頭櫃上，她那慈美、端莊的大幅肖像禮敬及緬懷。

☆她的常用器物

＊至今，始終難以忘懷與母親同在的那段日子，因此，我仍然保存著許多母親使用過的器物，這些包括：

輪椅（我推著她走過許多好地方）、四腳助行器（方便她在家中自由行走）、拐杖（這支拐杖陪她走過挪威的冰河、日本的北海道、日本的立山黑部、中國的上海與杭州及吳江、佛光山的佛陀紀念館、臺北的101大樓，以及國內的好多名勝古蹟）、輪椅上小餐桌（我為她設計的）及圍兜、假髮、圍巾、紙尿褲（夜間睡眠時用）、三組無線電鈴（方便她隨時能呼喚人）。

＊此外，還有她經常使用的皮包、帽子、梳子、化妝品、眼鏡及太陽眼鏡、兩張常坐的藤椅（一張在她房間，一張在餐廳）、時鐘（大字體以方便她看）、錄音機及錄音帶（諸佛佛號、日本童謠）、手錶（大字體以方便她看）、攜帶型小鋼琴及樂譜（她會自彈自唱國、臺、日語民謠），這些我都珍藏了下來。

☆傳家的古玉手鐲

＊母親晚年常戴在左手腕上的古玉手鐲，我依然珍藏著。她曾告訴我這玉鐲很有紀念性，是曾祖父輩留傳下來的。因此，我準備將它傳承給褚家的後代子孫。

回想當年母親往生後的半年，我非常思念她老人家，每天都戴著她的玉手鐲。那種感覺，就如同母親還在我身旁似的。（後來，我擔心碰損，便將其收藏在客廳佛堂的抽屜中，妥善保存）

至今，每逢農曆初一及十五，我都會將這玉手鐲置放在客廳佛堂母親肖像前致敬，藉此睹物思念她老人家當年的身影以及諸多陳年憶往。

☆溫馨滿溢的老鋼琴

＊另一件溫馨滿溢的物件是捷克佩卓夫（Petrof）名牌老鋼琴，是當年母親為疼惜正在學琴的兩個小孫子（我的女兒及兒子），用自己的私房錢買來送他們的。

後來，這部鋼琴隨著我們從食品路老家搬到綠水路新家來，不過，兩個孩子長大後也都不彈了。倒是母親在世時，不讓鋼琴空閒著，偶爾還會以單音來彈奏她喜歡的歌曲。我是從來不會也不曾彈琴的，但，**母親往生後，為了藉此琴來思念她，我居然無師自通地，也能以熟練的單音指法，彈奏母親在世時所喜歡的那些國語（太湖船、重相逢、茉莉花、高山青、阿里郎）、臺語（望春風、雨夜花、月夜愁、天黑黑、河邊春夢、農村曲），及日語（桃太郎、遊夜街）等民謠歌曲。**

＊**如今，幾乎每週至少一次，我會打開鋼琴來彈奏，為的是緬懷她老人家。除了彈奏她在世時喜歡的民謠之外，每次我必彈的歌曲是：〈母親您真偉大〉、〈母親您在何方〉，以及〈重相逢〉。**此時，每每思念之情油然而生；更奇特的是，彈唱完這些歌曲之後，一股莫名而無限溫馨的暖流，頓時盈滿我的全身。

☆相片及相關的書畫、日曆

＊如前所述，母親無師自通的畫作，我都收藏在她房間的抽屜中。此外，她這一生中不同

年齡時期的許多照片，我也都妥善加以保存下來。

＊ 再者，我為她老人家所寫的六本專書，以及以她為主題而榮獲文學獎的作品與獎狀，還有多年前我出版的幾本散文集，以及一本《六祖壇經》（我特地請回來讓她誦讀），與我為她整理的「六祖壇經精華摘述」，在世時這些都放在她房間的書架上，以方便她隨時可以拿下來閱讀。

而母親不愧是清末秀才的女兒，前述我為她寫的幾本專書、得獎作品、散文集，以及六祖壇經，即便已居百歲高齡的她，還經常會拿下來閱讀呢。

＊ 值得一提的，母親習慣使用每日一撕的日曆，就掛在她房間的牆上，因此，她躺在床上也能看得很清楚。她喜歡這種日曆，因為字體夠大，方便於她查閱國曆與農曆日期的對照。

至今，我仍將這份日曆掛在牆上。經常我站在日曆面前，對母親無限思念之情便油然而生，因為，日曆上的日子正停留在母親五年前往生那天的日子（猶記得，這天正值阿彌陀佛的佛誕日）。

☆她每日禮佛的小佛龕

＊母親是個非常虔誠的佛教徒，自年輕時就開始敬奉觀世音菩薩及諸佛菩薩。因此，**當年我們搬到綠水路新宅時，她自己在房間內也設計了一個小佛龕，除了方便她禮佛外，也祈望佛菩薩能就近護佑她老人家。**

＊令我敬佩的是，她老人家無比虔誠，數十年如一日，每天早晚兩次禮佛。除了依序在客廳的佛堂、玄關，及陽臺，也一定在她房間內的小佛龕敬拜。**祈願的內容從不為己，只為她的子孫以及一切有情眾生。**

＊這個非常有意義的小佛龕出自母親的虔誠美意，她是如此悲心，也是令我終身眷戀她的地方。

因此，她老人家雖已往生淨土，我依然保留著這個小佛龕，而且，**每天早晚兩次，依循著當年母親在世時的次序禮佛，藉此表示我對她老人家崇高的敬意與思念。**

＊**於我而言，母親的舊房間，就如同一個小型「母親紀念館」，待在這裡，我可以睹物思人，緬懷往日她對我的舐犢情濃，以及我對她的孺慕情深。**

這些種種憶往，每每帶給我諾大的正能量，激勵著我要不斷「向善」與「向上」。我無從解釋何以會有如此感受及感應，我想，**這也是母親最偉大之處，直到今天，她的教化依然深深地影響著我。**

＊ **雖然她已辭世，但，她的法身卻一直與我同行，永遠扮演著我的慈母與上師。**

＊ 坦白說，這些於我，都是彌足珍貴的精神資糧，它們滋養並增長了我的靈性，其效果不僅難以言喻，更是無可限量的。

＊ 我在想，如果有一天經濟情況允許的話，真希望能夠為母親成立一個紀念館。甚至，有機會的話，要以母親的故事為背景與題材，拍攝一系列的感性微電影。藉此，為社會孝道之弘揚，也略盡點綿薄之力。

☆母親永遠留在我心深處

＊ **綜上所述，這些年來，我竟然在不知不覺中陸續地做了如下八種之多的創造記憶的具體行動：**

——以母親為名常捐功德

——經常帶母親出遊
——為母親製作專屬相冊
——為母親寫本傳記
——以母親為封面出書
——為母親繪幅畫像
——為母親成立基金會
——保有母親的舊房間及器物

＊的確，人一生中的任何人、事、物都會隨時光而消逝，然而，「記憶」卻是能夠與自己一生相伴的寶貝。這些年來，雖然我花了不少心力與時間在此，但，坦白說，最大受益者還是我自己。

＊**因為，透過了上述八種具體行動，我真的得到了這項最珍貴的記憶寶貝：**

——「母親永遠留在我心深處。」

＊尤其，母親在高齡百歲辭世之後，這種感受更是深刻。真的，拜這八種創造記憶的具體行動之賜，雖然她老人家已不在我的身旁，但，她的法身卻隨時與我同在、護持著我。易言之，母親無時無刻留在我心深處。

*我想，多年來的這些努力是值得的。於此，特將這項心得與我有緣的讀者們分享之，更奉勸諸位有緣人能夠及早付諸行動。

側記

《母與子心靈小語》重點彙摘

1 母後的追思

2 想念您的身影

3 謝謝您生下了我

4 珍惜母子情緣

5 樂為您心疼老小孩

8 您就是我的佛菩薩

9 為報母恩志氣高

12 您之所好曲意承歡

13 行孝及時莫遲疑

14 那思念您的日子

15 您不在身邊時～續前文

16 追憶您我歡樂點滴

17 珍惜與您同處時光

18 緬懷您的好方法

19 永遠記得您

20 我心深處有您

21 睹物思您陳年憶往

附錄一

母親年譜事紀

年份	年齡	事記
一九一七（民國六年）	誕生	農曆正月十八日（身分證登記國曆六月二十四日），生於臺灣新竹市，為外祖父連商宜和外祖母連楊棕的獨生女，母親上有三位兄長 外祖父是清末的秀才，但母親生下來即為遺腹女
一九一八（民國七年）	二歲	林家認養母親為養女
一九二七（民國十六年）	十一歲	蔡家認養母親為養女
一九二九（民國十八年）	十三歲	日據時代新竹女子公學校畢業（日式教育）
一九二九（民國十八年）	十一歲～十三歲	公學校畢業後，因家貧無力繼續升學。但經常利用餘暇在新竹市關帝廟之漢學私塾旁聽，自學而奠立了漢語基礎，聽、說、讀、寫皆能
一九三四（民國二十三年）	十八歲	嫁給父親褚彭鎮為妻
一九三五（民國二十四年）	十九歲	長女褚媞媞出生
一九三七（民國二十六年）	二十一歲	二女褚惠玲出生

年份	年齡	事記
一九三八（民國二十七年）	二十二歲	長男褚煜夫出生
一九四〇（民國二十九年）	二十四歲	二男褚炯心出生
一九四二（民國三十一年）	二十六歲	三女褚雅美出生
一九四四（民國三十三年）	二十八歲	四女褚玎玲出生
一九四七（民國三十六年）	三十一歲	三男褚式鈞出生
一九四九（民國三十八年）	三十三歲	四男褚炳麟出生
一九五二（民國四十一年）	三十六歲	五男褚宗堯出生
一九五七（民國四十六年）	四十一歲	五女褚珮玲出生
一九九四（民國八十三年）	七十八歲	年初開始作畫，無師自通畫了十年之久，後因眼力關係而少畫，共有百幅左右。我保存了五十幅，其中挑選了二十五幅代表作，珍藏於《話我九五老母》一書中
一九九六（民國八十五年）	八十歲	隨同五男宗堯全家祖孫三代至北歐四國及俄羅斯旅遊
二〇〇一（民國九十年）	八十五歲	五男宗堯首次單獨陪同母親至中國上海旅遊
二〇〇二（民國九十一年）	八十六歲	五男宗堯再次單獨陪同母親至中國上海二度旅遊
二〇〇三（民國九十二年）	八十七歲	五男宗堯單獨陪同母親至日本北海道旅遊
二〇〇六（民國九十五年）	九十歲	五男宗堯單獨陪同母親至日本立山黑部旅遊 此行為母親一生中最後一次國外旅遊，多年後她曾經對我說過，也是她此生最愉快的旅行
二〇〇七（民國九十六年）	九十一歲	曾孫褚浩翔（三男式鈞之孫）出生（母親算起之褚家第一位第四代孫子）

年份	年齡	事記
二〇一〇（民國九十九年）	九十四歲	曾外孫陳羿愷（五男宗堯之外孫）出生（母親算起之褚家第一位第四代外孫）
二〇一一（民國一〇〇年）	九十五歲	一月三十日起定居於五男宗堯家
二〇一二（民國一〇一年）	九十六歲	母親與五男宗堯於正月十八日共同創立「財團法人褚林貴教育基金會」，母親並榮膺「創辦人暨第一任董事長」
二〇一二（民國一〇一年）	九十六歲	宗堯為母親寫的第一本專書《話我九五老母—花甲么兒永遠的母親》，十一月正式出版
二〇一三（民國一〇二年）	九十七歲	基金會榮獲新竹市政府感謝狀，我代替母親接受表揚
二〇一三（民國一〇二年）	九十七歲	曾外孫陳羿捷（五男宗堯之外孫）出生（母親算起之褚家第二位第四代外孫）
二〇一四（民國一〇三年）	九十八歲	五男宗堯為母親寫的第二本專書《母親，慢慢來，我會等您》，五月正式出版
二〇一四（民國一〇三年）	九十八歲	基金會再度榮獲新竹市政府感謝狀，我再次代替母親接受表揚
二〇一四（民國一〇三年）	九十八歲	曾孫褚旭展（五男宗堯之孫）出生（母親算起之褚家第二位第四代孫子）
二〇一四（民國一〇三年）	九十八歲	十一月九日五男宗堯陪同母親乘高鐵至「臺北一〇一大樓」，這是她第二次參訪「臺北一〇一大樓」

年份	年齡	事記
二〇一四（民國一〇三年）	九十八歲	十二月三日五男宗堯陪同母親搭乘高鐵至高雄「佛光山」及「佛陀紀念館」參訪，母親非常欣慰此生能夠有此機緣到此佛教聖地禮佛
二〇一五（民國一〇四年）	一百歲	六月九日五男宗堯以〈再老，還是母親的小小孩〉一文榮獲「第四屆海峽兩岸漂母杯文學獎」散文組第三名，母親相當高興，讚譽有加，並非常認真詳細地閱讀我的得獎之作
二〇一五（民國一〇四年）	一百歲	母親於十二月二十七日自在往生淨土，享年百歲（以農民曆算，已過冬至並吃過湯圓），這天是農曆十一月十七日，正值阿彌陀佛佛誕日，依於她這一生的福德因緣，我深信她老人家已經往生西方極樂世界
二〇一六（民國一〇五年）		恭請母親為「財團法人褚林貴教育基金會」永久榮譽董事長
二〇一六（民國一〇五年）		四月四日為母親往生「百日」，這天適逢清明節
二〇一六（民國一〇五年）		十二月十五日為母親往生「對年」（農曆十一月十七日）
二〇一六（民國一〇五年）		五男宗堯為母親寫的第三本專書《母親，請您慢慢老》，五月正式出版（本書原計畫作為慶賀母親百歲壽誕之禮）
二〇一七（民國一〇六年）		一月六日母親之牌位與祖先牌位正式合爐

年份	年齡	事記
二〇一七（民國一〇六年）		曾孫女褚伊涵出生（五男宗堯之孫女，亦是母親算起之褚家第一位第四代孫女）
二〇一八（民國一〇七年）		一月三日為母親往生「二週年」紀念日（農曆十一月十七日）
二〇一八（民國一〇七年）		五男宗堯為母親寫的第四本專書《慈母心・赤子情──念我百歲慈母》，二月正式出版（本書恭作為母親一百零二歲誕辰之紀念）
二〇一八（民國一〇七年）		十二月二十三日為母親往生「三週年」紀念日（農曆十一月十七日）
二〇一九（民國一〇八年）		五男宗堯為母親寫的第五本專書《詩念母親──永不止息》，二月正式出版（本書恭作為母親一百零三歲誕辰之紀念）
二〇一九（民國一〇八年）		十二月十二日為母親往生「四週年」紀念日（農曆十一月十七日）
二〇二〇（民國一〇九年）		五男宗堯為母親寫的第六本專書《一個人陪老母旅行》，二月正式出版（本書恭作為母親一百零四歲誕辰之紀念）
二〇二〇（民國一〇九年）		十二月三十一日為母親往生「五周年」紀念日（農曆十一月十七日）
二〇二〇（民國一一〇年）		五男宗堯為母親寫的第七本專書《母與子心靈小語》，二月正式出版（本書恭作為母親一百零五歲誕辰之紀念）

附錄二
母親創立的教育基金會

☆關於基金會

母親是「財團法人褚林貴教育基金會」的創辦人暨第一任董事長，本文特將基金會的成立宗旨、使命、方向、及目標，透過在基金會官網及facebook上之基本資料簡介如後，期能藉此拋磚引玉，呼籲更多慈善的社會人士及機構共襄盛舉，一起投入回饋社會的行列。

名稱：財團法人褚林貴教育基金會

成立時間：二〇一二年一月十八日

聯絡處：30072新竹市東區關新路27號15樓之7

☆基金會概覽

本基金會成立於民國一〇一年一月十八日，由創辦人暨第一任董事長褚林貴女士以及執行長褚宗堯先生共同捐贈出資設立。

成立之宗旨主要是秉持褚林貴女士慈悲為懷、樂善好施之精神，並以「贊助家境清寒之學子努力向學」，以及提升「家庭教育」與「社會教育」之品質及水準為本基金會發展之三大主軸；此外，並以「弘揚孝道」為重要志業。

創會董事長褚林貴女士生於民國六年，家學淵源，是清末秀才的遺腹女。她的一生充滿著傳奇性，不僅出身寒門，從小失怙，而且，經歷了兩次不同家庭的養女歲月，卻從不怨天也不尤人。及長，嫁給出身地主之家的夫婿，原本家境不錯，可惜年輕的夫婿在南京及上海的兩次經商失敗之後，家道從此中落。

不久，十個子女又先後出生，沉重無比的家計負擔，長期不斷地加諸在她一個弱女子的身上，她卻能夠隨緣認命，咬緊牙關，憑著自己無以倫比的堅強毅力，以及天生的聰慧靈敏，終於振興了褚家的家運。

今天的褚家，雖非達官顯貴之家，但，至少也是個書香門第，是一門對國家及社會有一定貢獻的家族。她的孩子中有博士，有教授，有名師，有作家，有董事長，有總經理等。以褚林貴女士的那個艱困年代，以及她的貧寒出身而言，能夠單憑她的一雙手造就出如此均質的兒女出來，真的不得不佩服她教育子女的成功，以及對子女教育的重視與堅持。

當年，她膝下已兒孫滿堂，而且多數稍具成就。為此，更感念於過去生活之艱辛不易，而亟欲回饋社會。一方面，希望能夠協助需要幫助的弱勢學子，另方面，更思及家庭教育、社會教育、與孝道弘揚之重要功能，實不可忽視，因此，主動成立此教育基金會。

褚林貴女士期望能夠透過本基金會之執行，以實際行動略盡綿薄之力，並藉此拋磚引玉，呼籲更多的社會人士及機構共襄盛舉，一起投入回饋社會的行列。

☆簡介—使命與業務

本基金會秉持褚林貴女士慈悲為懷、樂善好施之精神，除了主動贊助家庭清寒之學子努力向學之外，並以提升家庭教育及社會教育之品質與水準，作為本基金會今後發展的三大主軸；此外，並以「弘揚孝道」為重要志業。

為此，舉凡上述相關之事務、活動的推展，包括書籍或刊物之出版、教育人才之培育及提升、以及孝道之弘揚等，皆為本基金會未來努力之方向及目標。

使命：提升新竹市教育品質，充實新竹市教育資源。

主要業務：

一、促進家庭教育與社會教育相關事務及活動之推展。
二、協助並贊助家庭教育與社會教育相關人才之培育及提升。
三、出版或贊助與家庭教育及社會教育相關之書籍或刊物。
四、設置清寒獎助學金獎勵及贊助家庭清寒學生努力向學。
五、贊助及推動與家庭教育及社會教育相關之藝文公益活動。
六、弘揚孝道及推廣母慈子孝相關藝文活動之促進。
七、其他與本會創立宗旨有關之公益性教育事務。

☆基本資料

許可證書號：（101）竹市教社字第一〇八號（民國一〇一年一月十八日正式許可）
核准設立號：（101）府教社字第六〇六六號（民國一〇一年一月十八日核准設立）
法院登記完成日：中華民國一〇一年二月一日
基金會類別：教育類　　統一編號：31658509

基金會網址：https://www.chulinkuei.org.tw

facebook網址：https://www.facebook.com/chulinkuei

永久榮譽董事長：褚林貴

董事長兼執行長：褚宗堯

董事兼總幹事暨聯絡人：朱淑芬

☆贊助方式

〔若蒙捐贈，請告知：捐款人姓名、地址、電話，以便開立收據〕

銀行代號：806（元大銀行——東新竹分行）

銀行帳號：00-108-2661129-16

地址：30072新竹市東區關新路27號15樓之7

電話：03-5636988　分機205——朱小姐

傳真：03-5786380

E-mail：foundation.clk@gmail.com

附錄三

褚宗堯作品集

生活散文集：

1. 一天多一點智慧　一九九九年五月　高寶國際書版集團　散文
2. 境隨心轉——悠遊人生的況味　二〇〇〇年六月　高寶國際書版集團　散文
3. 笑納人生——養生、悠閒與精進　二〇〇二年十一月　聯經出版事業公司　散文
4. 話我九五老母——花甲么兒永遠的母親　二〇一二年十一月　褚林貴教育基金會　傳記
5. 母親，慢慢來，我會等您　二〇一四年五月　褚林貴教育基金會　散文
6. 母親，請您慢慢老　二〇一六年五月　褚林貴教育基金會　散文
7. 慈母心・赤子情——念我百歲慈母　二〇一八年二月　褚林貴教育基金會　散文
8. 詩念母親——永不止息　二〇一九年二月　褚林貴教育基金會　詩詞

9. 一個人陪老母旅行—母與子的難忘之旅　二〇二〇年二月　褚林貴教育基金會　小說

10. 母與子心靈小語　二〇二一年二月　褚林貴教育基金會　散文

專業著作：

《經營觀念論集》、《企業概論》、《企業組織與管理》、《現代企業概論》、《金榜之路論集》等。

翻譯著作：

《工作評價》（Job Evaluation, Douglas L. Bartley著／林富松、褚宗堯、郭木林合譯）

《經濟學》（Economics, Michael Bradley著／林富松、褚宗堯合譯）

夜記夢母

五年生死兩相茫，常思量，亦難忘。
法明蓮位，無時不思量。
母子相逢或不識，紋滿面，髮蒼蒼。
午夜夢迴忽還家，廳堂前，倚杖行。
相對無言，不禁淚千行。
盼得時時堂前會，明月夜，玉蘭香。

二〇二〇年十月一日中秋夜記夢母

（仿蘇軾《江城子・乙卯正月二十日夜記夢》）

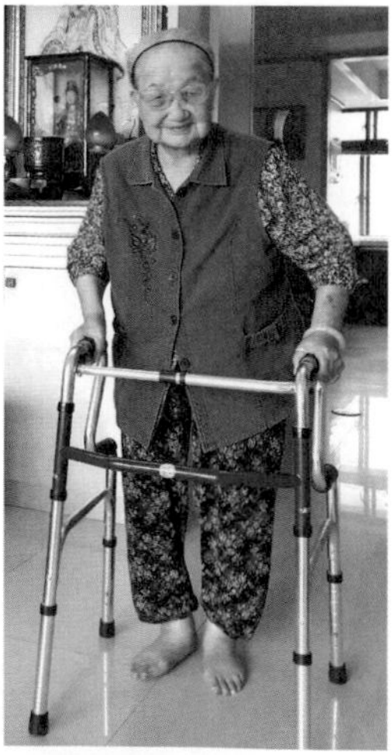

母親在世時，經常用四腳助行器在家中廳堂散步運動，偶爾也會赤腳步行。（時年高壽百歲，攝於104年11月23日，這是她辭世前一個月在家中行走的極為珍貴照片。）
母親辭世五年了，我無時不思量她，盼得時時堂前會。

國家圖書館出版品預行編目

母與子心靈小語 / 褚宗堯著. -- 新竹市 : 財團
法人褚林貴教育基金會, 2021.02
面； 公分. -- (母慈子孝 ; 7)
ISBN 978-986-88653-6-5(平裝)

863.55 110000356

母慈子孝007

母與子心靈小語

作　　者／褚宗堯
執行編輯／洪聖翔、杜芳琪
封面設計／李盈蓁
封面完稿／劉肇昇
圖文排版／陳秋霞
出　　版／財團法人褚林貴教育基金會
30072新竹市東區關新路27號15樓之7
電話：+886-3-5636988
傳真：+886-3-5786380
製作銷售／秀威資訊科技股份有限公司
114 台北市內湖區瑞光路76巷69號2樓
電話：+886-2-2796-3638
傳真：+886-2-2796-1377
網路訂購／秀威書店：https://store.showwe.tw
博客來網路書店：http://www.books.com.tw
三民網路書店：http://www.m.sanmin.com.tw
讀冊生活：http://www.taaze.tw

出版日期／2021年2月
定　　價／350元